臺北文青小史

林秀赫 著

LIN XIUHE
TAIPEI
LITERARY
YOUTH

目次 contents

記憶深處　Deep in Memory　005

入幕之賓　Guest of Honor　095

文藝青年　Literary Youth　141

萬籟俱寂　The Great Stillness　247

後記　赫托邦：大橋文學史，或一部殘酷的臺灣文學史　259

記憶深處

本多覺得,自己來到了既無記憶也沒有任何東西存在的地方。

——三島由紀夫《天人五衰》

導論：文學與記憶

「文學，從海馬迴開始。」

袁醫師指著手機投射的立體影像，我也看向那發光的等比例大腦。

「海馬迴位於大腦最深處，受到層層保護，除了開刀，沒有外力可以靠近它。假如這裡受到重創，大腦肯定遭受非常嚴重的物理性破壞。妳懂的，這個人肯定已經死亡了。」他動手將投影的大腦拆解開來，讓我看見最深處的記憶之源。

「沒想到人類竟如此保護著記憶……」

「我們再回到記憶與創作的關係。」他關閉手機投影，「就醫學角度來說，文學是一種〈記憶之學〉，是記憶的藝術表現，文學活動是一種意識對於記憶的閱讀與創造，包括夢，都是記憶的產物。差別在於，夢是由無意識創作的文學，而非意識。可以說，每一部文學作品，都是記憶的復刻之作，無一例外。」

「我想到《法華經》說：如所說者，皆是真實……」我看向桌上的沙漏，一次翻轉是30分鐘，也是每次看診的時間。

「換句話說，一直以來文學所爭論的虛構與非虛構，實際上都是記憶。真實的只有

記憶，記憶就是亞里斯多德說的，詩學的真實。這種真實，我會用一個更精準的詞彙⋯⋯實存。」他加強了說明力道，像是要我臣服。

『記憶就是寫作，寫作就是記憶⋯⋯』我複誦。

「記憶不僅超越了虛構與現實，也形成阿德勒所說的，個人的自我風格。」

『記憶就是我，我就是記憶⋯⋯』我低語，『我記得安妮・艾諾獲得諾貝爾獎的理由⋯⋯她以勇氣和手術般的精準，挖掘個人記憶的根源、隔閡與集體壓抑⋯⋯』

「羊女士，我們來談談，妳是誰吧。」沙漏停了。

『啊？』我抬頭看向袁醫師。

個案（一）：散文家

今天是我第52週次的記憶療程。

所謂週次，指的是看診次數。由於記憶的問題通常不是急症，袁醫師限定每人每週最多只能看一次診，我大約每兩週到醫院接受記憶分析。於是前前後後，總共花了兩年多的時間才走到了今天。

袁醫師習慣詢問我寫作的近況,他會從醫學,尤其是「記憶學派」的角度,給予我特別的文學見解,方才的對話便是這麼來的。每個來尋找記憶的人,還會搭配一位記憶治療師,主要負責與病患「談心」。記憶治療很少用藥,多半以「談心」的方式進行診療。我們不說「諮商」,袁醫師對其他學派所謂的「諮商」一詞有求教權威之意,也就容易產生進度壓力,以達到專家出馬的期待效果;但找回記憶需要的是釋放和整理。袁醫師說過「病人學會如何諮商,不代表能找回記憶。」在他督導下,治療師都避免在我們的腦中放進更多東西,重要的是「當事人能夠想起過去,也願意分享。」基本上什麼都可以聊,聊最近想起什麼?有什麼體會?聊工作、感情、家庭、聊八卦,像我就可以談我的創作,我看的書,我的生活。

治療師與當事人彼此也無須過度認同,有話直說,想反駁、否定治療師也沒關係。如果過程中能激起強烈的情緒,哭或笑,愛或恨,憤怒或悲傷,那更好,掌管情緒的杏仁核可增強記憶的讀取,帶出更多回憶畫面。

所以每當病患想起什麼,產生什麼感受,袁醫師都會追問,為什麼想起?為什麼是這感覺?反觀「諮商」,這一方禮貌壓制情緒,那一方想展現效能,都不自然,表現得過度理性,只是流於形式。稱「談心」是因為袁醫師認為記憶是個人的、私密的;「談心」

地點也相當自由，不侷限於院內，只要額外付費就可以申請院外的移地治療，前往事發現場，召喚記憶的效果也會加乘。此外呀，我沒有病例號碼，記憶中心避免為當事人編號，因為袁醫師認為這是一種「非人稱」（non-personal）的無生命代號，相當不尊重人。

「心理治療怎麼會是一種對於非人的醫療呢？妳是記憶的權威，妳才是記憶的創造者、管理者、擁有者；反而我們對妳的記憶一無所知。我知道，妳說過寫作不喜歡比喻，但我們所做的，其實只是閱讀妳這本書，邊讀邊筆記，整理重點。所以妳只需要回想，其餘不用多做什麼，因為記憶就在那裡。」袁醫師用他習慣的細膩，甚至有一點細碎的嗓音說道。

在我出版前兩本書之後，發覺可以寫的回憶差不多寫完了。記憶枯竭之時，我的做法是為散文加入更多知識內容，使文章更知性，更張狂，透過書寫來思辯一些事，可以說這時期的我轉向了「知識書寫」，帶上批判，關注的多在知識層面。就這樣，出版一本散文集《夜長暖足有狸奴》後，我感覺讀者不喜歡我的新風格，也發現文章滿是文獻、引用、闡釋。動不動就提誰說過什麼？哪本書寫了什麼？哪部電影演了什麼？我的人在文章中是沒有動作的，靜態的，是不存在的，掛誰的名字出版都可以。但我不死心，緊接著我化

身一名歌頌者,出版《文學在此轉了彎》,介紹多位臺灣作家的故事,尤其是發生在他們身上那些微小卻扭轉臺灣文學史的事件,例如呂赫若家暴毆妻。雖然這些名家和我並不認識,但寫他們,好像我和他們就有了點關係,搜尋他們也可以搜尋到我。

本以為這樣能抬高我作品的地位,增加讀者對我的關注。然而讀者批評我不過是整理作家生平,貼幾段正文,再套用些以為別人不知道的論文觀點,搞了半天,只得到「剪貼文學史料」的劣評。重新審視這個時期的作品,我發現,我寫的書和我讀的史料沒有太大差別。更糟糕的是當中的英雄史觀(great man theory),難道沒這些作家,就不是臺灣文學了嗎?無論這些第一把手多偉大,他們的人生多刻骨銘心,終究不是我的人生,我只是跟在他們後面拾人牙慧牙渣,不是真正的創作者。我知道再這樣下去是不行的,另一本同時期寫的《當作家寫作時》交稿後我也沒去關注了。

這類「臺灣作家群像」的書出版得相當多,但散文的知性應當是智慧的展現,如果只是羅列常識,即便邏輯滿分,行文生動風趣,每一頁都寫文學家,依舊不是文學作品。

接著我改為主動「創造記憶」,寫的都是我的親身經歷。長居臺北的樂評人馬世芳,

我想通這點後,就不再寫這類文學普及書籍了。

這幾年熱衷分享在家下廚的經驗，新書《也好吃》，寫名菜，寫廚具，寫家族的拿手料理，邀請朋友到府作客嚐鮮，被譽為「最懂吃的樂評人」；而我們臺南最帥的樂評人陳德政則攀登K2去了，面朝大山，在那冰封之處，完成山岳文學代表作《神在的地方》，榮獲2022臺北國際書展非小說首獎。他們成功擴展自我的書寫領域，也獲得讀者學者一致好評。

爾後兩年，我旅行，下廚，學畫，養毛孩；我還去跳傘，攀岩，賽車，打壁球，嘗試新事物。一邊積極投入社會運動，一邊靜坐禪修，經營我的網路平臺「文學食樂飯」，像網紅不停尋找新主題，對於生活的披露也更直接尖銳。總之我必須讓自己有事可做，才有新的經驗和讀者分享。

那段日子我開心極了，生活也更充實。我交了很多新朋友，更不乏交心的朋友。但即便我如此努力，讓各種「日課」占滿我的生活，連續出版《嫚苓托巴》《紐約客夏》《挪威，No way》《1951，霍普的海邊房間》等書之後（Stop!? 我居然還記得，現在我只想忘掉這些書），儘管「文學食樂飯」成長到30萬名追蹤者，讀者卻一片喝倒彩，只會說我「後面寫的書都沒有前兩本好」，認為這四本「感覺有點好玩的事」系列只是騙點擊率的「名氣之作」。連同行也在臺北國際書展的座談會上說我「羊嫚苓不都寫些媚俗的網紅

體嗎?」這些人憑什麼論斷我?他們的作品有我好嗎?內容有我踏實嗎?但這終於壓垮了我,我停止了一切「外務」,也就是那些本以為能幫助我寫作的各種學習和活動,而我也停止了寫作。

很長的時間我不再寫作,我不知道該怎麼寫散文。相較於成為詩人、成為小說家,成為「散文家」是一件艱難的事。好的散文立基於好的過去,這「好」不是好命,而是累積好的生命素材。雖然可以在修辭、謀篇加入些想像的技巧,但絕大部分內容都必須「玩真的」,這是散文的倫理,也是美學核心。但哪來的「真材實料」呢?每個人的儲備量又是多少?筆耕多年後我才懂得,江郎文筆依舊,只不過油盡燈枯,身上已無多少可寫的東西了。記憶的侷限性,是散文家的死穴。散文作者大至都經歷過最初的回憶書寫階段,接著的知識書寫階段,再到「找事做階段」(一般人稱之為「主題式書寫」),不甘寂寞的寫作者往往跳槽到虛構文學那邊去了。

賴香吟小說《文青之死》書寫作家生命的「自絕」,當一位作家放棄自己擅長的文類,羨慕起其他文類的作家,不也是一種寫作上的「自絕」?散文家期盼成為詩人、小說家的那一刻,散文家之我已死。法國小說家安妮·艾諾曾一派輕鬆說自己「對寫散文隨筆沒

興趣。」或多或少帶有鄙視散文的心態吧。另一種鄙視散文的人，就是前述說過，出版過好幾本散文集、評論集，卻又以小說家自居的人。這種人小說出版得少，頭銜卻總是把小說家放第一位，把散文、評論家通通放後面。我就問你了，你到底寫了什麼值得被稱之為小說家的小說？散文終究還是包容了你、接納了你不是嗎？何況這些年來散文和評論，養活了你，幫你掙來那麼多錢、那麼多讀者。你可能反問，寫什麼是個人自由，管那麼多幹嘛。對，我就是看不慣背叛散文的人。

我寫散文，我驕傲。

寫散文沒有錯，沒有問題，有問題的是「記憶」。優秀者如馬世芳的父親亮軒，他最經典的散文集《青田七六》正是他獨一無二的人生所建築起來的記憶宮殿。作為一位偉大的散文家，必然有不凡的經歷以及超凡的記憶力，琦君、董橋、張曉風也因此成為散文界的不朽人物。那些放棄散文去寫小說的人，不就是承認自己的生命經驗不如人嗎？

正因為現實之我再也沒什麼好寫的，不如寫虛構之我吧？

我相信我的人生並非那麼無趣，一定還有很多過去可以寫，可以爬梳，可以是經典！

最好的散文是自傳式的，最好的散文美學是一種宗教式的告解，無論如何散文繞不開過去。如果我能喚醒更多值得書寫的記憶，我一定能夠再次寫出感動人心的作品，就像我最

我的第一本散文集《母親的摩托車日記》出版於2017年，書寫我與母親最親密也最快樂的時光。童年母親常騎車載我到田裡玩耍，到市場顧菜攤，載我到處看、到處玩。後來她為了到更遠的市場賣農產品，摩托車越騎越遠，從雲林騎到嘉義，再騎到臺南，而我上學、補習，母女的接觸越來越少。最後她在我高一那年車禍永遠離開了我。

書中我透過母親遺物、生前對話，還原她騎過的路線。我重返她的旅程，一路想像她看到什麼？遇見什麼？她孤單嗎？快樂嗎？這本書也獲得那年「臺灣文化總會」頒發的「臺灣人的散文」首獎，被評審群譽為當代散文的一曲驪歌。之所以寫這本書，開端是我在大橋圖書館讀到張潔的長篇紀實散文《世界上最疼我的那個人去了》，作者寫下母親生命的最後階段。我打從心底羨慕。我母親只是騎車到市場做生意，就再也沒回家，臨走前未留下任何隻字片語給我。我愛母親最深，母親卻是離開我最乾脆俐落的人。我不懂為什麼，更不懂上天為何要用如此可怕的方式瞬間帶走一個努力生活的人。

第二本散文集《霧中風景》書寫母親離開後的世界，包括我與父親新家庭之間的衝

初的兩本書。

突，青春期的祕密與痛苦。

原先我不滿父親為何與肇事者和解，父女倆經常吵架。法官認為肇事者態度良好，最後判有期徒刑三年，緩刑五年，只要做六十小時的勞動服務加聽幾場法治教育，這個飆速闖紅燈的人渣慣犯竟然就不用關！父親低頭說：「車禍過失致死，在臺灣最多只關五年，不如和解多拿些賠償金。」這種無奈，那年紀的我還無法理解，也不想理解。幾年後父親在建築工地意外身亡，我拿到一筆理賠金，才懂得他的愛。我也領悟成長原來就是各種離別，告別家人，也告別過去的自己。

書名來自希臘導演西奧·安哲羅普洛斯的電影《霧中風景》，賴香吟有本小說也是這名字，她寫師生戀，而我的格局更大。她在海外太久了，我的作品與我的生命史密切相關，更深根植於臺灣人當下的痛苦。這霧是每年造成兩萬名臺灣人罹患肺癌的本土霧霾，這風景是一年三千多位臺灣人死於車禍的風景。

黎紫書在小說《流俗地》寫道「往事這口井，再怎麼深，底下再怎麼乾涸，真細心推敲，也總有許多事可挖掘。」先說我不喜歡此處井的比喻，我寫作從不比喻，講沒幾句話就開始比喻東比喻西的散文更讓我覺得油膩噁心。在我看來「比喻」是一種詩歌的技

巧，這類文章，實際上是對散文的本質美沒信心，以為放更多比喻，文章就更美，但美的仍是詩歌。所以我的散文從不比喻。不過我認同這句話要表達的意思：記憶始終在等待我們發掘。

問題與討論（一）：記憶永存

「記憶就在那裡」是普魯斯特記憶中心門口的短語。袁醫師認為記憶不會消失，即便是阿茲海默症患者，記憶也從未消失。我們之所以記不起來，是提取記憶的能力喪失了，只要加強提取的能力，就能把記憶找回來。我會知道這裡，是一位寫散文的前輩馬欣芬私底下告訴我的，只是沒想到地址離我家這麼近——臺南大橋的新橋三路四十七號，占地約兩千坪的精神醫學中心。

袁秀波院長不只是精神科醫師，更是一位腦科學家，最初研究人類的睡眠活動。他是極少數獲准檢查聖人尊體的醫生——那位至今仍沉睡在大橋圖書館地下室的臺灣文學史上最偉大的文學家。正是研究聖人腦波啟發袁醫師找到回溯人類記憶的方法，揭開記憶的黑色面紗。袁醫師因此創辦了「普魯斯特記憶中心」，這是與佛洛伊德的精神分析學派、

榮格的分析心理學派、阿德勒的個體心理學派、認知學派等重要心理學派分庭抗禮的「記憶學派」，認為各種精神問題的根源就在於記憶，這也是唯一由東方人創建的心理學派。大橋記憶學院也成為瑞士榮格學院之外另一個國際心理學重鎮。

「普魯斯特」可以幫你找回塵封已久的記憶，導正記憶中的錯誤，更能協助你收藏記憶。於是那些丟失記憶的人、懷疑記憶的人、懷念從前的人、想見死者的人、想破解懸案的人，以及想寫作的人，都會到這裡掛號。不過為作家看診，袁醫師有項特別的要求，就是病患不能提到關於「普魯斯特」的任何事。不僅正文不能寫，書末致謝、參考資料，或是這幾年流行的題材顧問、大事年表，以及採訪、座談，都不行！任何公開言論都不准提到，一旦違規立即停權，再也無法掛號，因此大部分作家還是遵守了。

對此，袁醫師的回答是：「我不喜歡被書寫。」

後來我才想通他這麼做的原因，因為一旦有作家公開去過普魯斯特記憶中心，醫院就容易成為焦點，這對其他尚在看診的作家來說是巨大的壓力，不利於記憶治療。畢竟輿論總是負面的：「看來是寫不出東西了。」「那位作家花多少錢買靈感？」「難怪他能將童年描述得如此詳細，還以為記憶力有多好。」何況記憶中心還會將診療紀錄整理成一

份書面報告讓你帶走。雖然不是抄襲，卻會被視為一種取巧、犯規、作弊。總之就是創作走了捷徑。

即便有這些潛在風險，但只要付費，你就能買到自己的「原創」，聽起來很不可思議對吧，卻是文壇早已公開的祕密。有些作家因為回憶起重要的往事，獲得了金典獎、金鼎獎、國際書展等大獎；也有文學大師長年失智，導致紀錄片難產，最後求助袁醫師才順利完成拍攝。無論如何，記憶始終與文學經典劃上等號，也令作家們趨之若鶩，未來只會有更多作家來掛記憶門診，「去普魯斯特家」也成為寫作圈內的行話。他們都來過普魯斯特，但他們都不會說去過普魯斯特，普魯斯特從一位偉大小說家的名字，成為一個臺灣文學的關鍵詞，無論如何都是一刻在作家心底的名字。

不過，袁醫師對這些推崇並不在意，不管作家尋找記憶的目的是什麼，如何運用自己的記憶，原本就是個人的自由。對袁醫師來說：

「記憶才是最珍貴的，寫作只是記憶的副產品。」

我很幸運第二次看診就見到袁秀波院長。他沒戴眼鏡，但一頭白色與黑色交雜的中分髮型稍微低頭就剛好蓋住眼睛，嘴邊則掛著深刻嚴肅的法令紋，走在醫院內相當醒目，

外型酷似剛過世的坂本龍一。他也是我的主治醫師，並非每位作家都能獲得他親自看診。

不同於外面的掛號方式，這裡初診一律先由記憶治療師建立病患資料，在了解病人情況後經院內討論決定適合的主治醫師，安排回診時間。往後每次回診也是先與記憶治療師會面了解回憶的進度，接著才是主治醫師看診。結束後，醫師也會視需求把病人交回給治療師進行衛生教育，基本像收納記憶？提升記憶力？如何正確進行回憶？如何清除記憶中的雜訊，修正偏誤的記憶？類似復健科醫師與物理治療師的合作方式。

「普魯斯特記憶中心匯聚了世界各地想找回記憶的人，也吸引世界各地深入了解記憶祕密的研究者。」說話的是我的記憶治療師周派葳，很年輕，三十歲不到，戴著一副透明膠框的圓眼鏡，或許是為工作方便，她都綁包包頭，好了，你們可以想像她那有點稚嫩卻又專業的聲音了：「波赫士說［書是記憶和想像的延伸。］」其實我們腦中的記憶和想像，就像放在書架上。」初診那天她向我介紹袁醫師，「院長曾發表一篇論文，證實記憶運作的方式類似波赫士小說中那座浩瀚無垠的宇宙圖書館。在院長建立的模型中，大腦為每項記憶編碼和分類，那裡有感性的詩歌部門、想像的小說部門、紀實的非虛構部門、圖像化的視覺藝術部門，方便快速儲存和提取。我想這對大橋人來說都能懂，剛好我們擁有全國最大的圖書館。」

聽了她的說明，我的理解是記憶學派認為我們的「意識」更像一位

閱讀者，從大腦各個區域拿出書本閱讀。

「除了閱讀者，也可以將意識理解成投影在我們大腦中的電影。院長認為以往將大腦視為〔首席指揮官〕的理論是錯的，該理論認為大腦各部門是競爭關係，目的是爭取公司老闆的認同；但院長則提出我覺得更合理的〔場面調度〕理論，認為各部門之間是合作關係，〔意識〕是導演般的指導者。」

『原來我們每天睜開眼睛，就是在看電影。』我又好奇問，『妳們也像電影 Eternal Sunshine of the Spotless Mind，可以刪除記憶嗎？』我見她沒有反應，是不是我問得不夠清楚，「2004 年上映，Michel Gondry 執導的電影。」

「很抱歉，除非破壞大腦的物理結構，沒有其他刪除記憶的方式，藥物最多只能暫時阻礙提取的路徑。人類將記憶保護得很深很固，經歷過的事，就會全部記在大腦當中。我們也無法像小說或電影那樣更動記憶、植入記憶。我們能做的是協助找到記憶的儲存位置，再用儀器讀取內容，幫助患者取回遺忘的記憶。」她說著說著露出笑容，「那部電影《王牌冤家》，原片名叫《無瑕的心靈散發永恆的陽光》是英國詩人亞歷山大・波普的詩句，也是我們中心同仁的愛片！不過這部電影的主旨，其實不是人可以刪除記憶，反而是，人無法刪除記憶。」

「Alexander Pope。」我問，「怎麼說？」

「電影中就算刪除記憶，還是會愛上同樣的人。」

「難道記憶可以永存？就像保存在圖書館的書？」

「我想是的。」她肯定地說，「依照腦中突觸連接的複雜程度，理論上，大腦可以儲存的長期記憶不存在實際上限。甚至我相信，即便大腦的物理結構被破壞，記憶還是存在。當然院長並不這麼認為。」

「她沒有告訴我，記憶永存的方法是什麼。是科幻小說已經寫得過於浮濫的「意識上傳」嗎？當然這是非常唯物論的觀點；還是，唯心論說的「意識創造宇宙」？或是傳統民俗的魂魄之說？都不是的話，還有什麼方法能讓記憶永存？平時我們腦中的記憶，難道隨時都在上傳嗎？上傳到哪？未來連大腦也要做資安嗎？」

「今天先到這。」她在我的個案本封面簽名，拿出手機，「請下載我們中心的 App，再聯絡妳初診時間以及確定的主治醫師。」

之後我並未告訴袁醫師我的治療師提到過「記憶永存」。由於手機可以看到每次的診療紀錄，周治療師也未將「記憶永存」的討論寫進初診紀錄中。基本上我都是先和周治

療師碰面，再由她請袁醫師過來，整個過程她也在旁陪同。

「所以妳目前沒有特定要找哪段記憶？只要是回想起任何有助於散文寫作的回憶都好？是嗎？OK，妳之前寫過什麼書？」初次見面袁醫師問我，於是我向他介紹之前出版的兩本散文集《母親的摩托車日記》《霧中風景》，周治療師協助點開平板上的電子書，袁醫師拿在手中滑閱。不久後他說：

「妳要不要，先想好下一本書要寫什麼題材？我們再就妳想寫的內容，進行記憶回溯？好嗎，羊女士。」

『當然好啊。』於是，我的記憶治療正式開始了。

個案（二）：回憶的人

每次到普魯斯特記憶中心，我習慣坐在邱亞才的畫作《回憶的人》下方的位子，可以清楚看見每個來看診的人。我見過詩人、小說家、散文家，也有不少外國作家，多半是正處壯年的中生代。新人能寫的回憶還很多，老傢伙則沒有氣力寫了，記得生活所需足矣。顯然，中堅作家們就是衝拿獎來的，畢竟找到記憶，就等於找到靈感，寫作就能更上層樓。

等我逐步進入療程之後，才知道「普魯斯特」不僅能幫妳找回記憶、書寫記憶，使記憶成為一個「能夠講述的風景」。而記憶如何成為寫作本身？最主要的是他們會發給每位病人一本被我們暱稱為「自傳」的《記憶手冊》。

「妳這禮拜的自傳寫完了嗎？」這是病患私下常聊的話題。

回診時間之所以不固定，是因為必須將「自傳」寫到一個段落後拍照上傳，才會開通帳號，獲得掛號機會。曾有病患希望早點回診，自傳寫得空空泛泛，這種人通常無法掛號，直到他們上傳具備「實質內容」的回憶之後，帳號才會重新開通。也有人在自傳上說謊，就像寫小說，一堆幻想文、廢文，只是為了快點看診，雖然獲得看診機會，但見面很容易就被袁醫師拆穿。根據病患社群內的訊息透露，最多到第三次看診，袁醫師就會發現說謊之處，且一旦被發現，就再也無法掛號。

「醫生都討厭說謊的病人，畢竟浪費醫療資源；除非說謊是一種病理表現，院長才會持續跟這類的病人互動。」這是袁醫師，「其實喚醒回憶並不是那麼困難，困難的是妳有沒有勇氣寫出回憶。」這是周治療師一定要我們寫記憶手冊的原因。記憶若不被記錄下來，等於沒找回來，幾天後妳還是會忘了，因為妳始終沒有要這份記憶都進入AI時代了，為什麼記憶手冊必須手寫而不能打字？

「筆跡能看出許多線索。原本筆跡端正,突然變得潦草,表示回憶來得又快又急,這時的記錄最接近事實;但如果筆跡長期固定,代表當事人每次書寫都有很強的自我防備心態。除非病患無法書寫,只能口述,不然我們都希望能看到手寫記憶。所以《記憶手冊》很重要,每筆記憶都得來不易,只要想到就寫下來吧。這也是袁醫師將我們中心命名為〔普魯斯特〕的原因啊。」接著周治療師提醒我注意沙發上方。

「我?」我指自己,她指更上面,『哦,抱歉,沙發太舒服了。』

「羊老師肯定比我還清楚。」她告訴我袁醫師對小說家普魯斯特的看法,「普魯斯特不僅擁有強大的記憶力,更是把個人記憶上升到《史記》這類正史地位的偉大作家,以個人記憶對抗集體記憶──也就是對抗歷史。」我抬頭看向沙發上的普魯斯特畫像,《追憶逝水年華》這類「大小說」有完結的時候嗎?恐怕只要作者還活著就無法結束,「我也認同,普魯斯特是以自己生命的完結,來為他的自傳劃上句點,這是文學史上少有的驚心動魄的壯舉。」我由衷感佩。

《記憶手冊》不是日記,只是必須書寫「之前發生的事」,至於多久以前,倒沒有制訂標準。寫哪一段回憶,都可以。可以是主題式書寫,好比都寫關於某個人、某件事的回憶,或某個時期的回憶;也可以是隨筆式的,想到什麼寫什麼,事件之間不必有關連。

問題與討論（二）：高概念

大約是第7週，我確定新書以「前男友」為主題。畢竟我的母親、原生家庭、家人和我的童年、我的學生時代，這些我都已經寫過了。與周治療師「談心」的紀錄表明，前男友是我一個解不開的結，再看更像是一個劫。我按照她的建議，在《記憶手冊》上粗略整理了與前男友的私史：

我和前男友都是雲林人，我們在臺北認識，那時候我辭掉中研院歐美所的工作，已確立從寫作為我的人生志向，而他也剛從合夥開出版社的失敗中謀求出路。我們在一起後決定從臺北搬到陌生的臺南，也是希望減輕生活壓力，專心創作。

我寫散文，他寫小說，我們的工作相輔相成。像我寫科德角的文化導覽，他寫科德

角的小說，我們看相同的書，討論相同的話題，我們也都對外宣稱沒去過科德角。他英語不好，卻又熱衷國際文學交流，希望搶先同輩其他小說家被國際文壇認識，每次都要我陪他出國，充當導遊和翻譯。而我一直在充實自己的英文能力，不像有些聲稱不學英文也可以好好活著的作家，把自己活成半個文盲還沾沾自喜。題外話，我曾想翻譯美國自然作家瑪麗・奧斯汀（Mary Austin）的書 The Land of Little Rain，但因吳明益出版了同名小說《苦雨之地》而作罷。

我們沒車，住在開山里的小巷子內，那麼小的巷子有車也開不進去。我們住在一棟老舊透天厝的頂樓，租金五千，沒冷氣，白天習慣到外面找咖啡店寫作。我們都走路，從臺南大學沿樹林街再走到政大書城，很少買書，都是在書店看書。我站著讀，他比較大方，坐在兒童閱讀區的地板上看書、沉思。為了寫作，我們能省則省。也因為走路，認識臺南許多店家，常彼此打廣告。在臺南的前幾年真好，他也說臺南是他的「福地」，他是認真的，說自己真的想葬在南山公墓，但他從不聲援反迫遷南山公墓的公民運動。因為他在臺南的主要收入就是靠政府的寫作補助，還有評審費、座談費、演講費、書獎費，以及邀稿的合作案，沒有政治正確是很難拿到這些錢的懂嗎？

收入雖比臺北上班時還少，但換來自己的時間。我們的經濟能力自然也不允許有孩

子，因此乾脆不結婚。他是我男朋友，我是他女朋友，感情不好時互稱室友，文壇上我們都是這樣介紹彼此，過幾年後，也沒人問我們為什麼不結婚了。我知道鳥類放棄了右側的卵巢和輸卵管，僅保留左側一組，只為了減輕體重飛上天空。這給了我勇氣，我告訴自己，為了寫作，我願意付出更多，放棄更多。

我是下了這樣的決心跟著他到臺南，但他到了臺南，卻始終對臺北眉來眼去。他是個非常倚賴作家圈子的人，花很多時間經營人脈。他一直想回臺北，只不過太窮了，如果他有王定國、詹宏志的經濟實力，那他根本不會離開臺北。每次他去臺北，都會刻意向我報備說要參加文壇哪個活動，強調是賺生活費，向我證明他能夠靠文學賺錢，文學是能夠讓人活下去的事業，後來我才知道原來每一次的文學遠征都夾帶一次的偷情。有時候去臺北見了不只一個女人，我們在臺灣文學館的咖啡店寫作，他帳號沒登出被我看見那些訊息。他辯稱知己只有我一個，在臺北的都是紅顏。最後他卻選擇和其中一位紅顏修成正果回臺北去了。那夜他哀求我成全，說那位紅顏可以給他更多的寫作保障，說我也可以去找其他合適的男人。他說他很羨慕一位住在北投的小說家，可以住有錢女友的豪宅，不用工作，不停出書得獎。他認為自己的天賦比他高，沒道理窮困臺南一輩子，他想改變自己的命運。我感慨小說家間的競爭，竟如此下賤卑微。為什麼男小說家都找得

到養他們的蠢女人呢？紅顏起初是他的讀者，忘了在哪個藝文活動上認識的，或者他根本從沒對我說過實話。總之，未來他真的什麼工作都不用做，不用再為錢煩惱，他可以純粹寫小說，寫純粹的小說，還能就近經營臺北的作家圈子，不用和我在臺南過苦日子，留在臺南變成是我自己的事了。

我難過想了幾天後，一個人退租，離開中西區，再賣掉雲林老家的房子，買了大橋重劃區的新房，正式在臺南定居。我想證明自己在臺南也能過得很好。開山里的房東是位老太太，孫女非常可愛，老太太看我買房，也跟著我到大橋買一戶，繼續當鄰居。見面就說我男友走了真可惜，拍拍我，要我忘了那傢伙吧。後來我飛往美國東岸踏上科德角之旅，拜訪畫家霍普的海邊夏居，表示我來過了，作為對他的告別。

我也領悟到兩個窮作家在臺灣並不適合在一起，這也是臺灣的作家夫妻活得不體面，且多半沒生孩子的主要原因。貧賤夫妻百事哀，放在任何行業都是。有志於寫作的人，都應該找一張長期飯票，找一位在經濟上和身心靈上都能完全支持你創作的另一半。他找到了，我祝福他，他終於可以擺脫寫作補助的企畫書，開始寫他的包養文學了。臺南真是他的福地。

『這段回憶有什麼問題嗎？』我見袁醫師遲遲不說話。

「是什麼原因使妳回憶起前男友？」他問道。

『怎麼說，愛嗎？恨嗎？單純是個靈感吧。』袁醫師第一個問題總是最難回答。

「妳前男友長什麼樣子？」他照例，改問比較簡單的。

『戴眼鏡，個子不高，頭髮又蓬又捲。為了省錢，每個月我都幫他理頭。好幾次我在政大書城看到他大剌剌看免錢書，就覺得他的模樣實在太招搖，完全沒有一個作家的格調。我其實很討厭他這樣，但他偏偏非要這麼做。』

「好。」他也問周治療師的想法。

「裡頭有背景，有行動，有情緒，有自身作用、涉及的後果，現在人物樣貌也清楚了。」

「很多作家並不想要有孩子，但感覺羊老師很在意孩子？」她直接問。

『我四十了，女人四十。那十年是我最適合懷孕的年紀，如果不是他，我也不會浪費這十年。現在我看到鄰居的小女孩，都會非常懊惱當初我為何要犧牲自己去成就這個人。後來，我的散文創作遇到瓶頸，反觀前男友，小說越寫越多，也越有名，他遲早拿到聯合報文學大獎。』醫界似乎不懂這個獎的意義，『他越成功，我就越否定自己；但他的成功又似乎是遲早的，那些前輩作家獲得的榮耀，隨著時間，總有一天會輪到他身上，你

們懂嗎？我很焦慮⋯⋯』我試著把這種情侶之間、作家之間的競爭關係表達出來。

「我們來讓這段回憶更完整。」袁醫師要我打起精神，「很多時候，往事仍歷歷在目，只是不知從何說起。」他教我如何「追憶」，如何就一件事或一個人，一種記憶如何觸發另一種記憶，把相關的回憶串連起來。「如果想起什麼，適時給自己獎勵，也是不錯的。」很多時候我覺得袁醫師更像一位記憶的導演。例如他要我現在就給他這段記憶的高概念（high concept），我想了想：

『女散文家與小說家男友的臺南式生活。』

接著他要我把一段記憶至少分成三大段落，也就是三幕，再細分成數個事件，請我先把「前男友在臺南」的幾個重要事件列出來，每個事件一兩句話就好。總共三幕，可能有十到十五個重要事件，接著每個事件發生在什麼場景？時間？現場有什麼人？等確定後再Action，讓時間開始流動。「記憶就像飄浮在無意識中的島嶼，必須為這些好不容易浮出水面的事件架好橋樑。妳仔細想，A是怎麼發展成B？B又如何發展成C？以此類推。」袁醫師也請周治療師教我畫思維導圖，幫助回憶增加細節和生動性。

個案（三）：作家身影

後來我果真想起更多前男友的作家身影。舉凡私底下他對每個作家的評語，那絕不同於他FB上那些做公關的貼文。他更嫉妒同輩中天賦比他高的小說家，排解怒氣的方式就是絕口不提這些人，所以看他從未提過哪些同輩小說家，肯定就是他嫉妒的人，而他經常提及和對談的那些寫作朋友，沒一個被他視為威脅，簡而言之，他只和天賦在他之下的人當朋友，他只把庸才當作家。

記憶中那些曾經共享的畫面，多是聊書架上的大師名作、彼此的寫作目標，或因為經濟壓力造成的口頭和肢體衝突。真正的戀愛生活乏善可陳，只因文學擋在我們之間。我們一起待過無數次的陽臺，曾以為臺南的璀璨夕陽會永遠照耀我們的遠大前程。

當記憶治療進行到第10週，我告訴袁醫師，我想將與前男友的回憶寫成散文集，並盡快出版。我決定完整找回這段過往，更有勇氣寫出來。袁醫師覺得，回憶屬於我，我若願意當然就可以。隨後每週都是關於前男友的討論，他們也給了我許多回憶上的建議。

到了第31週治療，剛跨年完，「登登！」我雀躍地拿出新書《臺南的男朋友》再題

上逗趣的簽名「**臺男的南朋友　羊嫚苓**」送給袁醫師和周治療師，這是我第三本純粹以個人回憶完成的散文集，順利搶在2023年封關前出版。袁醫師接過書，好奇讀者的反應，我告訴他們『反應非常好，讀者紛紛猜測這位前男友是誰？還留言問我，見我不說，就又罵我，說我搬弄是非。』更好笑的是文壇那些人也沒說出我前男友是誰，彷彿我前男友不存在似的，那當然了，他們都和我前男友關係匪淺，男的女的都有一腿，巴不得查無此人。

『就讓好事者去對號入座吧，反正書也上了暢銷榜。』

由於這本書披露多位作家祕辛，側寫臺灣政府如何透過創作補助、書獎、標案來拉攏作家，細微的觀察，冷峻自剖的筆鋒，獲得許多迴響，非常成功，加上前幾本散文累積的成果，我也被譽為東方的瓊・蒂蒂安（Joan Didion）。雖然我多次表明不接受這個封號，但內心是高興的，既然有人拿我和名家相提並論，也讓我有信心，我想知道自己還能想起什麼、寫出什麼。

我想挑戰記憶深處，我知道只要挖掘出那東西，我在文壇就有不敗的地位，楊絳、林文月、簡媜、龍應台，都不算什麼障礙，我肯定能跨過她們，到達寫作的彼岸。總之我要的是更高端、更超越世俗的評價，絕非時下六七年級寫作者所能想像的高度。然而相同的問題又回來了，這本前男友之書出版後，好像我所有的記憶都寫完了，整個人都被掏

空。我勢必得重新來過，進行新一輪的記憶治療。我告訴袁醫師和周治療師，希望爬梳更多記憶，想起什麼都好，我想出版第四本回憶散文，這將是一本現象級的散文大作。

問題與討論（三）：滅點與自殺作家

『袁醫師，我還要想起更多回憶，幫幫我嘛。』我與袁醫師更熟悉了，有時候我的一些要求像在對他撒嬌，他年紀剛好大我一輪，更像個哥哥。反正周治療師也在場，我實在不用避諱什麼，請求都是公開透明。

「三年內的記憶仍在海馬迴，但三年以上的記憶大部分儲存在前額葉。」袁醫師指著我額頭，「我們回溯記憶，主要就是這裡。不過，」他坐下說，「最深層的記憶也許不在這，腦部其實並沒有特定儲存記憶的地方，看每個人的情況。」他見我不懂，又接著說，「要看妳把它藏去哪。每個人藏東西的習慣都不同，這也讓每個人儲存深層記憶的方式都不同。」

『怎樣的不同？會藏在哪？』

「一般藏在與感官相關的位置，也就是大腦皮質。有些人聞味道，想起母親做的料

理，有些人偶然聽見某首歌而思想起，有些人觸景生情，這種屬於視覺引導，看到什麼想起什麼。但有些大腦會將深層記憶藏在比較特別的位置，提取就比較困難。這部分恕難舉例，再談也涉及病患隱私，不方便透露了。」

「小說家林秀赫，就是一街咖啡對面那家恐怖書店的老闆。我讀過他在《大橋誌》的採訪，他看書習慣從最後幾頁往前看，還建議讀者將三島由紀夫的《豐饒之海》四部曲倒過來讀，從《天人五衰》《曉寺》《奔馬》看回《春雪》，會更得精髓。像他這種習慣，記憶的方式也會與他人不同嗎？」

「是的，肯定不同。」他像又重新估量我。

後來幾次看診，袁醫師都會問我，平時怎麼收納？有沒有藏東西的習慣？藏什麼？鎖定標的後，再使用「記憶成像儀」提取──也被病友暱稱「睡記憶枕」。因費用昂貴，一般都在確定「記憶點」之後使用。「如果不考慮花費，當然也可以一開始就排檢查，只是取得的記憶內容多半不是當事人要的。」

到了第36週，我的回憶依舊乏善可陳，難以跳出前三本回憶散文的侷限。我實在等

不急了，對於近期漫無目的「談心」已不耐煩。我直接詢問周治療師，她委婉透露說：「羊老師的回憶不好找，藏得很深。」

「很深？什麼意思，是不是越重要的祕密，藏得越深？」

上一句，「對散文家來說，生活的理想就是不要忘記。」

「可以這麼說吧。」然後她話鋒一轉，「確實如果把這份回憶找出來，肯定會是羊老師畢生最重要的作品。」接著周治療師向我透露哪些作家在普魯斯特中心找到什麼回憶拿到臺灣哪個文學大獎，雖然她沒說名字，但我一聽就知道是哪些人，也讓我更加期待治療的結果。

然而到了第40週，我更急了，要求袁醫師直接『讓我睡記憶枕』讀取記憶深處的畫面，檢查幾次都沒關係，『我願意負擔昂貴的檢查費。』

他先是對我說出「記憶枕」這個詞彙感到詫異，慎重考慮一番後拒絕了，他告訴我「必須找到正確的記憶點，尤其是探索記憶深處。」總之他認為不能貿然用儀器讀取大腦最裡層的祕密。

「每個人的記憶都有一個〔滅點〕（vanishing point），滅點內的記憶，日常生活不

會想起，只會偶爾以變形的樣貌在夢中出現。之前我才會請妳留意妳的夢。這是大腦的自我保護機制，是絕對不能想起的記憶。」

「不能想起的記憶？我不懂，為什麼不能想起……不都是記憶？」

「滅點的記憶多半涉及創傷事件，伴隨恐懼、憂鬱、焦慮等負面情緒，如果強行打開滅點，將誘發一個人的死亡本能。」袁醫師慎重說，「歷史上那些自殺的作家，恐怕就是在意識清楚的狀態下打開記憶的滅點。」

一旁周治療師也舉出多位自殺作家的案例，三毛、吳爾芙、海明威、芥川龍之介、太宰治，「誠如院長所言，這些案例都非常明確指向滅點的覺醒，他們的後期寫作中都出現了那稱之為〔滅點〕的回憶。」

「意思是說，如果我繼續對腦袋翻箱倒櫃，」我比出誇張的手勢，「就會不小心，打開滅點？」

「嗯，俗話說〔回憶殺〕，就是這個意思吧。」周治療師說。

「回憶殺……」

「如果妳想起那件事的話。」袁醫師示意周治療師繼續說明。

「那會是什麼？」我問，「我都活這麼大了，有發生過這樣的事嗎？」

「每個人都不同,也許羊老師可以先了解那些作家為何自殺?有時候人也會自己打開記憶中的潘朵拉盒子,然後就蓋不起來了。」

「打開,就一定會死嗎?」

我見周治療師無法回答,看向沉默一會的袁醫師,他似乎只是靜靜地觀察我,然後他開口:「我剛開始研究記憶回溯療法的時候,曾有幾位病人進入回憶的滅點,可以說是無意間的探索,那時我們也不知道會發生什麼事。」

『這些病患,怎麼了嗎?』我害怕了。

「無一例外都自殺了。後來我都會避開滅點,以免病人想不開。」

『事前有什麼徵兆嗎?』我小聲問,感覺診間特別安靜。

「滅點如果開始躁動,會出現一些比較特殊的夢。」他若有所思說,「總之這陣子先留意夢有什麼變化。」

問題與討論(四):記憶整形

幾天後我果真做了一個夢,我想這許是袁秀波醫師說的,我記憶中「滅點」的線索。

暗夜裡手機燈光下我急忙將這個夢寫進《記憶手冊》：

夢見和前男友買了一臺黑頂的白色新車。我開車到林百貨附近突然車內塞滿埃及聖䴉。我知道這種鳥，有種說不出來的邪門。我一個人卻感覺更擁擠更窒息。鳥越來越多，雖然牠們不叫，但牠們亂推亂撞害我無法開車，眼看要撞向對面的慰安婦少女銅像，突然這群鳥揮動翅膀，車子飛起來，我也到了埃及，清楚看見下方的金字塔。

「對記憶學派來說，夢是記憶的延伸，是以記憶為素材的創作。」周治療師說，她問我對這個夢的直接想法，我問為什麼是埃及聖䴉？這是外來種，2021年在臺灣被撲殺超過一萬七千隻，我覺得有點害怕，擔心是不祥之兆，『臺灣人不也是外來種嗎？』我問。她說如果害怕，就不要再回想下去，她合上我的個案紀錄，明確表示不贊成我繼續探索記憶深處，「我一直覺得回憶是一個很大的世界，範圍更可能超越我們生活的現實世界，當然也就有探索它的危險。羊老師，記憶深處之外，還有很多值得想起的回憶。」她認為，如果擔心自己不小心喚醒滅點，最好的方法就是不要刻意去回想它。或許是為了轉

移我的注意力,她私下告訴我之前普魯斯特記憶中心鬧過的一場風波:

曾經有作家擔心,自己拿到的「記憶報告」是真的嗎?這位女作家在幾年後遇見兒時遺棄她的母親,那次重逢,母親告訴她的兒時記憶與袁醫師的檢查報告有所出入。因此她懷疑自己被「記憶整形」。她在蒐集更多兒時的實際資料之後,發現更多差異,她覺得自己找到一個絕佳的素材。於是她又採訪了幾位普魯斯特記憶中心的病患,都懷疑中心給他們的檢查報告與真相不同。是的,如果真是如此,那她真的找到了超棒的非虛構寫作題材,她認為完全可媲美 John Carreyrou《惡血》或陳昭如《沉默:臺灣某特教學校集體性侵事件》這類報導文學經典。於是這名作家正式對袁醫師提告,控訴對她記憶造假。然而,作家敗訴了,她的母親在法庭上翻供,說自己也不確定女兒小時候到底發生過什麼事?尤其當她看了女兒在醫院的記憶報告,也開始懷疑自己的記憶是錯的。法院認為,關於這位作家的童年,存在著作家散文的版本、母親的版本、記憶中心的版本,這三個版本中,記憶中心是最科學的,因此判袁醫師勝訴。

「這是我來這裡工作之前發生的事。比我資深的同仁都經歷過。因為這件事,我絕

對相信院長的判斷。我們還是按照院長的規劃吧！」

『好吧，也只能相信袁醫師了。』這件事我或許能想像吧，瓊突然回國，告知上海讀者，女兒的暢銷散文集《流言》寫的內容全是假的。當然黃素瓊沒這麼做，只是生活中有太多的事情很可能都是座羅生門，更何況是記錄生活的記憶？。或許這才是袁醫師要求作家不准提到記憶治療的原因。

個案（四）：三不朽

離開記憶中心，一路上我想或許我該問自己，對人生的哪段記憶最模糊？第一個記憶之前的記憶？年紀太小，恐怕追溯也沒意義，寫不了什麼大散文。回到家，走到 Lobby 的電梯口，正好瞧見鄰居家的國中女孩放學回來。我們一起搭電梯，只有我們。她是之前房東的外孫女，很有禮貌的小女孩。有時候出門都會碰巧遇見她和她外婆。房東女婿很早就過世了，女兒也在日本的飯店工作沒辦法回來。到了家門口，小女孩拉拉我袖子問：「什麼時候可以去羊老師家寫作業？」唉呀，我真是的，最近忙著去記憶中心，都忘了小女孩明年要考高中了。

前男友還在臺南的時候，小女孩剛上幼兒園，我們便充當保母，留小女孩在家過夜；上小學後我們教她功課，也代簽過家庭聯絡簿，和前男友結婚，女兒現在也這麼大了吧。如果我和他有孩子的話，我就可以像當初我來臺南就娘、馬尼尼為、李欣倫那樣名正言順寫親子散文，完成散文家的轉型。自我成長的記憶寫完了，開始寫新生命的成長，羨慕她們能無縫接軌。剛升格當父母的作家，多半會寫育兒經，像藝人一樣曬娃。楊佳嫻有首詩公開說「曬小孩的帳號都已屏蔽」，我不認同這行為，況且生不生是個人的選擇，何不大方祝福？如果都不生，未來哪有讀者和作家，臺灣文學不就絕後了？只是她的心態我又彷彿可以理解。可惜當時我和前男友約好不生孩子，這對小說家影響不大，卻斷了我散文寫作的一條路。要不然洪愛珠在自由副刊的「母女學步」專欄，一定是我寫才對！一定是我！

『隨時歡迎喔，晴晴。』

「羊老師，妳還會想凱翔老師嗎？」這孩子馬上就溜進我家。

『妳說我前男友啊？沒事提那討人厭的傢伙幹嘛。他回臺北後，就不再回臺南了。我啊，當然早就不想他了。』

「完全不想了嗎?」晴晴咬筆說。

「完全不想了。我比較想媽媽。」晴晴看著我說。

「那,我們一起忘掉,那些不要我們的人吧。」

「也不想了。那晴晴想爸爸嗎?」

晴晴開心從書包拿出她蒐集的瓶蓋,還有利樂包折角,以及全聯集點卡。「羊老師現在還有集點嗎?」我知道她常在尋找各種對獎機會。兒時母親常帶我看報紙上有哪些集點活動,每次都花很多心力收集,卻從未獲得應有的報償。母親的運氣一向很差,或許才會遇上車禍。我把這段回憶寫進我的第一本書,這孩子某天讀了我的書,竟有樣學樣,大概缺乏母愛吧。

「我連打開瓶蓋都懶得掃碼了,還蒐集什麼點數?全聯貼紙也不拿啦。而且晴晴,妳應該花更多時間在學習上吧,而不是蒐集小貼紙對獎喔。」

「我有啊。」她把集點卡收回書包,「高中我要選科技班,以後要當一位AI設計師,羊老師覺得呢?」

「不錯不錯,妳高興就好。」我又問,「那妳外婆怎麼說?」

「她說可以問隔壁的羊老師。」

『好，那我們得先把數學學好吧？』雖然我不懂AI。接著她就從書包拿出數學課本，開始解題，我有點想買新的鉛筆給她。

『妳長大想去哪裡？』我摸著她頭髮問她。

「去媽媽想去的地方。」她回答時沒看著我。

『想媽媽啊。』我看著她。她沒回話，只是動手指專心數數。

我在歐美所工作時，經過中研院餐廳前都會看到一幅「三不朽」的書法字。我常想人死後如果能留下作品，至少證明來過人間，甚至只要作品還在，人就沒有死，就不算死，因為作品會代替妳持續發揮影響力。可是如果留下的是別人不喜歡的作品呢？放在圖書館無人聞問，已是無名作家最好的結局。即便寫再多書，若毫無影響力，是不是等同沒留下什麼？現在我仍然相信，我會寫出不朽之作，此乃我的使命，我一定會想起潛藏在我腦中的偉大記憶。用夏宇的詩來說，失去的回憶都曾是我「最最親愛的局部／最最重要的現在」這些記憶在這世上專屬於我，我只是想找回我自己。

檢查（一）：小學教室理論

事情總算有了轉圜。第45週回診，袁醫師告知我，已鎖定我深層記憶的位置，那個埃及聖䴉的夢很有用，啟發他找到避開滅點的方法。現在我終於可以使用「腦磁波記憶成像儀」（Remember Magnetoencephalography, RMEG），就是病友們常說的「記憶枕」，讀取我大腦中的記憶。「儀器能同步讀取毫秒以內的腦部活動，具有高解析度，可視為一種腦機介面儀器。」袁醫師向我解釋「記憶枕」能夠自動化且精準對位的原理，大意是以超音波激活指定的記憶儲存組織，讓大腦以為要提取記憶，再擷取釋放的神經元電訊所製造的微弱磁場，將神經回饋轉化成文字或影像。

「捕捉到訊號後，判讀上，我們使用〔提思智能〕開發的電腦，必須是能夠執行AI運算的電腦才能判讀。」周治療師補充說。

『所以也能讀取夢境？』

「最初就是為了讀取聖人的夢境而發明的儀器。」袁醫師望向窗外的大橋圖書館，「夢做完，就會成為記憶，儲存在腦中。」

反而換我有點慎重了。我問袁醫師，儀器是否會傷害大腦，反而造成記憶消失？『您

知道的，我很珍惜我的記憶。』

「腦磁波和超音波是最安全的檢查，無放射性，也不用注射顯影劑。」周治療師代為說明，「即使是小朋友也能放心進行檢查。」

「這麼說吧，」袁醫師見我十分困惑，「妳沒有刪除的電腦檔案會消失嗎？何況刪除了還是有方法能還原。超憶症（Hyperthymesia），又叫〔完全記憶〕，這類患者就記得人生中所有的事。不講這些特例，我們每天的夢就是記憶還在的證明。例如妳早已忘記小學教室的模樣，但夢中的小學教室，都是以妳記憶中的小學教室建構的。」

「院長曾經做過統計，」周治療師說的即是記憶學派有名的「小學教室理論」（Elementary School Classroom Theory），「每個人夢中的小學教室，就是他曾讀過的小學教室，沒有例外，只是在這基礎上進行一些變化。很不可思議吧，ESCT 理論也影響了今天 AI 繪圖的程式參數。」

『如果記憶都還在，那就太好了。』我也回饋道，『有時我會懷疑自己是否還記得母親生前的樣子，但夢中卻能清楚看見母親的臉，記得母親每天幫我綁頭髮，常因此哭著醒來。』我說完也看了下窗外，是美麗的大橋。

「記憶一直都在，我們與母親的回憶，永遠不會消失。」袁醫師說完便起身，和我

說聲加油,接著把我交給周治療師,由她說明「讀取記憶」前的準備。

「羊老師,這是例行的衛教單,檢查之前每項都要遵守,做到就打勾。」

□檢查當天正常飲食,勿特別禁食。
□前一天未服用茶、咖啡、可可,或其他提神飲料。
□前一天未服用腦神經相關藥物,如安眠藥、癲癇藥。
□前一晚有充足睡眠,失眠請務必告知,再改約時間。
□檢查當天要先洗頭,吹乾,不能塗抹髮油、髮膠。

我仔細閱讀手上的預約單,深怕不小心影響檢查的準確度。

「我媽媽,也過世很久了。」周治療師見袁醫師已離開診間,「長大後我們都忘了童年爸媽是怎麼疼愛我們的。如果能喚醒這份已被遺忘的回憶,就能找回人世間更多的愛,更多的溫暖。這是我之所以跟著院長學習記憶學派理論的一個最主要的原因。抱歉,我應該減少反移情的影響。」顯然我方才的話觸動了她。

『沒關係的。』我說,『只要記憶一直都在⋯⋯』

檢查（二）：固態宇宙

到了第46週，我躺在「記憶枕」上，只露出臉，面朝藍色的曲面螢幕。上週周治療師介紹檢查流程時就透露說：「頭頂的傳感器，外觀像巨型的白色雲朵，但戴上去，又會有一股白色大理石的冷硬。那感覺蠻兩極的。」

現在這臺高科技儀器包覆我的頭，準備讀取我的記憶。袁醫師今天不會到，周治療師坐我身旁，另外三名負責操作儀器的醫療人員。待我躺平固定，眾人離開檢查室，只留下周治療師引導我。適才也簽署了「檢查與記憶調閱」同意書。

「和我上週說的一樣吧，安全、安靜、舒適，什麼都不用擔心。」

『我還是喜歡診療室的灰色大沙發，整個人就很放鬆。難怪有個說法，先有沙發才有精神分析。』我吐了下舌頭，似乎太多話了，但相信你們能感覺到我的期待。『那款沙發有其他顏色嗎？我考慮買一組。』這樣說優雅些。

「和我上週說的一樣吧？院長特別選的。」

『我也發現袁醫師喜歡灰色，有品味，還是灰的好看。陰天、月亮、混凝土、大象，可惜沒有人為這顏色寫本書。』

「檢查時間約一個小時,螢幕會出現各種畫面,刺激記憶儲存位置。」她補充說,「不用刻意回想,放輕鬆。」

『我以為事先要提供一些生平資料,沒想到不用。』

「這臺儀器會按照袁醫師準備的〔記憶腳本〕,為每個人量身定做檢查畫面;並且動態追蹤,隨時根據大腦的反應轉換畫面,不斷深入直到記憶的位置,整個運算過程非常快速、即時,所以才需要用到提思智能的電腦。」

『袁醫師給我的腳本是?』這時候我才開始緊張。

「羊老師的新書《臺南的男朋友》,院長認為沒有比您自己的書更合適了。電腦會將書本內容自動轉化成檢查畫面。」

『Cool……感覺檢查的過程像在玩解謎遊戲?』

「對啊,我也很期待。等等有個開場影片,幫助舒緩情緒。」

『沒想到真的要開始檢查了。』我幾次握緊拳頭又張開。

「羊老師,之前我們聊過,我認為記憶離開生命之後依然存在。那時候我們剛認識,但我並未告訴妳我為什麼這麼篤定。」

『我有印象。妳要告訴我了嗎?』我只能臉朝前方,無法轉頭問她。

「以前我媽媽很喜歡幫我錄影。她過世之後，有天我看著她拍的影片，才領悟到，錄影，不就是我們儲存的時間嗎？而人類獨有的〔情節記憶〕（episodic memory），就像一場在我們腦中自由回溯的時光之旅。」

「妳發現大腦像一臺錄影機，所以走上研究的路嗎？」

「嗯。研究記憶之後，我更相信時間不是流動的，時間是固態的。此前、此在、此後，所有時間都儲存在一個巨大的固態宇宙中，只是位置不同而已。就像記憶儲存於我們的大腦，時間也儲存在我們的宇宙。」現在的她看向哪？

「聽起來宇宙像是一個時間儲存裝置？」

「理論上，只要能到更高的維度，就可以在時間中來去自如。」

「古往今來共一時，人生萬事無不有。」我說完意識到自己的沉默，補充說，「杜甫好像有過類似的體會。」眼前，螢幕突然出現開場的動態宇宙圖景，使得我分不清楚上下左右。看著這些遙遠的星辰，心中細數今年過世的創作者，瓊瑤、劉家昌、鄭華娟、聶華苓、葉嘉瑩、齊邦媛、瘂弦、雷驤、鄭煥、曾貴海、施明德、司馬中原、孟若、方瑜、樂蘅軍、樂黛雲、彭蒙惠、邱燮友、黃永松、詹明信、保羅‧奧斯特、丹尼爾‧康納曼、谷川俊太郎、楳圖一雄、張友驊、魚夫、鳥山明、日本女星中山美穗也出版過散文集和小說……怎

麼今年，走了這麼多人，一些人的政治立場更彼此對立，但都來到世上完成寫作的工作。生命不過是轉眼即逝的瞬間，所有的勝利、悲傷和慾望都消散在浩瀚的時空裡，只留下曾經的低語，彷彿它從未存在過。

『只是宇宙、時間，對我來說都太遙遠了。我只想活著繼續寫作。』我鼓起勇氣告訴周治療師，『就算不小心觸發滅點，我也會活下去的。』

「一起加油，開始檢查囉。」她給控制臺一個手勢。

『無論虛擬還是真實，這是一個有著痛苦的世界。』但我沒說出口。

問題與討論（五）：記憶管理

『袁醫師，為什麼你剛剛說，要談談我是誰？』**我也看向一旁的周治療師。**

「記得今天回診的主要目的嗎？」袁醫師也發現沙漏停了，他重新倒置，時間又開始流動。今天要加時收費了。

『要看一個月前做的記憶診斷報告。』我加上一句，『各位不用擔心，無論想起什麼，我都承受得住。』

「羊女士，妳說後來才搬到臺南，那妳是哪裡人？」

「雲林二崙，和作家季季老師同鄉。」

「我好像沒去過雲林。開車肯定曾經過，但好像不曾留步。」

『袁醫師也有記不清楚的事嗎？』

「哈哈，當然有。我們來看妳的診斷報告。派葳，拿一份給羊女士。」

「羊老師，報告書會在妳每則記憶的下方進行解讀；彩圖是妳記憶中的畫面，順利的話還可以擷取到完整影像，便可以掃碼觀看。」她邊翻頁邊說明。

近百頁的厚度和重量，拿在手中，身體不由得顫抖。我似乎成了一本由普魯斯特記憶中心所創作出版的書。這本圖文並茂的報告，就是儲存在我大腦深處的記憶文本嗎？是我曾經歷過，卻刻意遺忘的最祕密的回憶。等了一個月才拿到手，就在眼前了。『我一直很好奇，回憶，也就是我腦中那位敘事者，是怎麼記錄曾經發生過的事？口語嗎？還是書面語？』很快我就會知道答案。

打開第一則記憶：

「媽媽，媽媽，媽媽！」「他車禍了？」「很抱歉，沈凱翔先生搶救無效，到院前

「這些思維語言來自妳腦中的敘事者，我稱為〔記憶管理人格〕。每個管理者記錄的方式都不太一樣，少數人是壓縮的密碼，大部分是第一人稱自述，也有類似旁觀者的新聞報導，或分析性的論文格式。妳的管理者採用大量的對話體，顯然聽覺主導妳的記憶。」

『等等，報告內容我不懂。沈凱翔有女兒？我怎麼會不知道？他沒結婚，也沒死，真的，目前人在臺北，擔任某間藝術大學文學所的兼課講師，前幾天臉書才剛發文說要出版新小說了。他關係那麼好，年底有一堆書獎等著他領，他捨得死嗎？對了，回憶就是在你們醫院回溯的，我送過二位書呢！』我聲音高了起來，但他們不理會我的反駁。

「2017年1月31日沈凱翔先生騎機車經過林百貨前不幸車禍身亡。這則回憶底下

已經OHCA。」「媽媽，媽媽，媽媽！」「怦怦，怦怦。」「不可能，請你們救救他，這臺、這臺機器，不能停，我女兒剛上小學，很需要爸爸。」「怦怦，怦怦。」「爸爸說要拿我的生日蛋糕。」「這是爸爸？爸爸？」「妳不要進來！叫妳不要進來！妳出去！」「沈太太，妳冷靜一下，先帶小朋友回座位。我們會繼續搶救。」「爸爸爸爸！」「怦怦，怦怦。」
「媽媽，媽媽，爸爸在這裡！」

是電腦從大數據中查到的車禍新聞和警方紀錄。」周治療師冷靜地說，「肇事車輛正好是黑頂的白色休旅車，符合妳的夢。」

「他在文壇不是用本名沈凱翔，而是叫……算了，之前我就告訴過你們他的筆名了。至少看一下我的書好嗎。」我不想再爭論沈凱翔到底死了沒這種蠢話題，「如果他是我老公，那我們的女兒呢，人呢？」

「妳的鄰居小朋友，晴晴，她姓什麼。」袁醫師問。

「沈雯晴？為什麼要提她？」我真不知道該說什麼，「喔，是是，對，我在《記憶手冊》幾次寫到鄰家的小女孩，在提到我前男友的時候。我前男友剛好和晴晴同姓，房東也因此很喜歡他。有什麼問題嗎？」

「這一頁是晴晴大橋國小的入學申請書，擷取自妳腦中的記憶畫面。」

「我和晴晴很熟，可能看過吧。」

「家長欄上的名字，是沈凱翔與妳的本名楊曼妮。這是妳的親筆簽名。」無須周治療師特別指出，不只我的簽名，一旁也是前男友的親筆簽名。

「晴晴是……我和前男友的女兒？荒謬、太荒謬，我花那麼多錢，花那麼多時間看診，最後給我一份荒腔走板，胡說八道的報告！」

袁醫師見我情緒上來，要我給他幾分鐘，安靜聽他說明報告的大至內容：

妳是臺南人，舊家在中西區的開山里，童年父親因工安意外過世，這是妳人生第一個記憶創傷。臺南高商畢業後妳沒有升學，而是跟著母親在東菜市販售涼麵。妳先生是雲林的蔬菜承銷商，他在市場買涼麵時認識妳，2009年兩人結婚。婚後他搬到開山里與妳們家同住，2011年女兒沈雯晴出生，2017年沈先生過世後妳搬到大橋居住。

這大至是妳的基本生活背景。

「你們太可恥，太令人憤怒！」我用力跺腳，「我出版過一本評論林海音、聶華苓、鍾理和、郭松棻的文學評論集；我還投書捷克、斯洛伐克、匈牙利、紐約的媒體，推薦包括我前男友在內的臺灣作家作品。如果我不是政大外交系碩士，只有高職學歷，我的英文能力哪裡來的？我又如何懂這麼多專業的文學知識？試問誰有這種能力！」

「先不談學歷，那很好查證。」袁醫師持續要我冷靜，「記憶所蘊含的內容、潛能，遠比我們想像的大得多。妳在丈夫過世後的某一天起，虛構了自己是作家的記憶。的確，妳也很快就具備相應的氣質、知識、寫作技巧，連穿著打扮也不同，外表甚至變年輕了。

我想，大量閱讀並成為行家，這是妳後天可以快速彌補的。」接著他提到我的幾本著作：

妳出版的前兩本書《母親的摩托車日記》《霧中風景》在妳丈夫死後兩年內完成，之後四年又陸續出版妳覺得不滿意的幾本書，於是在妳丈夫死後的第六年，來到普魯斯特中心掛號。初次見面妳告訴我，為了寫出更好的作品，希望進行記憶治療。一年後，妳完成《臺南的男朋友》，描述妳和小說家男友十年的臺南生活。妳將死去的丈夫想像成小說家男友，更將自己的母親視為房東，自己的女兒則視為房東的外孫女，這些書的內容完全是妳虛構的記憶。

「你們有什麼證據證明這些書都是我的幻想？袁醫師，之前就有病患告你偽造記憶，別以為我都不知道。」診間的鏡子映出眼神渙散的我。

「妳母親還活著。」此時周治療師手上是我那本《母親的摩托車日記》，她翻到我描述母親車禍那頁，「這幾頁內容，寫的正是妳先生車禍死亡的經過與治喪過程。而妳要的證據，這裡，」她用手機投影之前我住在中西區老房子的錄影，我和前男友、房東、一起唱著生日快樂歌為晴晴慶生。還在讀幼稚園的晴晴，大聲叫我媽媽。周治療師見我

困惑，希望趁機會說服我：「2015年臺南登革熱大流行，造成112人死亡，妳們夫妻決定搬離疫情最嚴重的中西區，買下大橋重劃區的新房，也可以設籍讓晴晴讀大橋國小。原本一家等裝潢好之後入住，沈先生卻在搬家前車禍身亡，一切塵封在中西區巷弄內的舊家，所以妳在大橋的家才沒有任何與過去相關的生活痕跡。」她停頓了一下，「我們原本期望中西區的舊家，藉助現場幫妳喚醒記憶，但妳母親當時或許為了就近看著妳、照顧妳，賣掉中西區的老房子買了妳對面那戶，老房子很快就被建商拆除蓋大樓。」她猶豫該不該說，「在妳的記憶出現問題後，妳母親可能擔心孫女，便把晴晴接去住了，一直到今天。」我仍不相信他們的話，尤其醫療團隊私下調查我的隱私，讓我非常非常的不舒服。

「你們與我鄰居黃太太、晴晴聯絡過了？真可恥。」我別過頭。

「沒有，都是查得到的資料，以及合理的推測。醫護人員很少有時間或資源調查病患的身家背景，」周治療師說，「但如果有家屬協助，對您更好。」

『慶生影片黃太太給的嗎？怎麼來的？怎又有時間加工變造影像了？』

「是妳記憶深處的影像，在那裡，都是妳們一家人生活的回憶。院長最後確定妳把家人的回憶全藏在右腦深處，而作家的新回憶全放在左腦。腦功能側化非常極端，這造成

妳朝向〔個體化〕的結果卻是成為另一個人！難道還要讓晴晴叫妳羊老師嗎？為了晴晴，您一定要找回自己！」她站了起來，像是對我叫板，我從未見過周治療師如此激動，但他們說的這些關於我的過去，怎麼可能？

「派葳，不要急。我們必須先讓病患了解整個病理成因。」

我看向袁醫師，眼前我覺得無助，我不知道現在是什麼情況。為什麼我結過婚，也有孩子，母親也還建在，這和我的認知完全不同。

「妳將記憶分為Ａ／Ｂ兩層管理。」袁醫師希望先回到我大腦的結構找原因，「我一直認為，多重人格是大腦的記憶管理出了問題。妳將先生過世前的〔記憶Ａ〕與成為作家的〔記憶Ｂ〕完全分層治理，互不相通。先生過世，就是妳不願想起的滅點，這段痛苦的回憶妳放在Ａ層，但妳死亡本能的機制卻是在Ｂ層。」

「兩層完全分離的，記憶？」

「可視為腦中有兩個敘事者。妳熟悉文學，」袁醫師接著以村上春樹的小說《世界末日與冷酷異境》為例，小說中是兩個完全隔絕的世界，不知道彼此的存在，但奇數章「冷酷異境」中的敘事者「私」，以及偶數章「世界末日」中的敘事者「僕」，其實都是主人公「我」的夢境。我說從未看過村上春樹的小說，袁醫師便又提到電影的平行剪輯技巧，

說明我的記憶是如何被剪輯。「因此,即便妳想起滅點中的記憶,也不會誘發死亡本能,妳已嚴格禁止這兩層記憶的交流。這種情況無法以一般人的遺忘現象來解釋,我稱之為〔記憶房間〕(memory room),一個在腦中封閉的記憶空間。」

『你是說,我把過去的我,也就是楊曼妮,關在大腦的某個房間?』

「這正是妳腦中的情況,妳大腦的真正目的。舊的記憶和人格,提取的路徑,被妳的心理防禦機制給徹底封鎖;作家的新人格,則穩定、完整的發展,擁有自主的思考模式和獨立記憶。只要持續認同作家身分,妳也可以過好生活,完全不用想起過去。」他突然肯定我說,「這是妳身體的保護機制,也是一個奇蹟,才可能有今天的對話。」

『奇蹟?』我想,袁醫師其實是在委婉告訴我,我生病了。

「完全受B層記憶主宰的妳,就算知道A層的記憶,或許一開始會受到衝擊,但也只是像獲得某個令人震驚的新知識罷了,不會產生過度的恐懼和憂鬱的惡夢式情緒,不至於動搖妳生存的念頭;加上妳的新人格,自我感(selfhood)的控制又非常好,有很強的一致性,我和團隊才決定協助妳找回A層的記憶。」

『我真的生病了嗎?』

「除了記憶檢查的報告,腦部攝影也支持妳罹患了解離性身分障礙(DID)。一般認

為解離症會表現出記憶斷層，以及身分認同轉變的病徵；我的觀點剛好相反，是患者重新整理記憶，製造了記憶斷層，才形成解離的人格；不過妳又和 DID 表現的人格碎片不同，妳擁有兩個完整的人格。」他見我比較冷靜了，「解離症通常與生命中的重大創傷有關，推測妳發病的原因，源自先生過世的打擊，接著妳又流產，加上孕期體內各種激素的快速變化，大腦決定封存之前人生的所有記憶，重新創造新記憶，好從那巨大的痛苦中存活下來。」

『我流產過？完全不記得了。』

「當時妳已經懷孕 21 週，辦理完先生後事，妳就因為流產住院十天，這在健保中都有就醫紀錄。」周治療師幫我翻到記錄流產的那一頁。

突然我一陣暈眩，血液好像上不到腦袋，他們也發現我的異狀，要我躺沙發上休息，什麼都不要想。周治療師在旁注意我的呼吸和脈搏。等我緩和一些後，袁醫師走近我說：

「羊女士，我會開一些幫助妳穩定情緒的藥。回家後，我希望妳讀這份記憶報告，或許能讓妳想起什麼，下次回診我們再看妳記憶復原的情況。」

個案（五）：文本互涉

我常在大樓的電梯碰到晴晴，今天倒是沒有。進門前，我遲疑地看向對面晴晴的家，門上貼了春聯，像是個幸福的家。七點了，很安靜，他們還沒回來嗎？去補習嗎？雖然常見面，我對晴晴卻從未有過母親般的情感；房東黃太太也從未給我母親的感覺。演員之間的角色羈絆，或許比我和她們之間還深。我記憶中的母親，是另一個人。這張臉是我創造的嗎？還是我的「記憶管理者」盜用他人頭像，再用 Deepfake 技術偽造的？兩位沈凱翔的長相也截然不同。我記憶中那些人的臉孔，都是這樣製造出來的嗎？這讓我頭皮發麻，不敢繼續想下去。才體會到潛藏在我們記憶中的滅點，真的可能讓一個人瘋狂！

打開電視。晚餐簡單吃了些燕麥堅果，我坐在床上仔細讀這份記憶報告。原來我一直是用前男友（亡夫）的車禍賠償金生活，黃太太（母親）也曾偷偷匯款給我，看來我得省一點了。今晚各家媒體不停播放美國總統大選的開票結果，先前兩黨日夜發放的海量 campaign literature 已落地成為垃圾。Literature 作為名詞本身就有「文宣資料、產品介紹」的用法。一個詞彙的內涵來自普羅大眾累積的智慧，歷史長河中的人們早已看清，文學就

是網軍。相較於擁有其他職業的作家，全職作家更容易被政府收買，成為爭名逐利的宣傳機器。還好我有這筆手尾錢，讓我得以擁有獨立自由的意志。

作家只要淪為政治打手，就是庸庸碌碌的一生。

白天袁醫師提到，雖然我有兩組記憶，但新記憶大量複製舊記憶，再重新拼裝成新的記憶。我在散文中多次提到的和藹可親的鄰居，沒想到竟是我的家人。「妳母親只能用這樣的方式，讓孩子常見到媽媽。」周治療師的話還在我耳邊迴盪。對照這份記憶報告，我的第一本散文集《母親的摩托車日記》不是寫我的童年，而是晴晴的童年。我們夫妻都在菜市場討生活，為了給女兒最好的環境，先生每天辛苦工作，希望能在大橋重劃區買房，搶進明星學區。比起開車，他更喜歡騎機車到各地小農那收購農產品，在好幾個縣市都有合作的攤位。「沈先生雖然過世了，但在妳腦中留下許多回憶。」周治療師說。

第二本散文集《霧中風景》同樣大部分寫晴晴的童年，加上我對她失去父親之後生活的想像，參酌我的喪父經驗再改成喪母，不過「兒時母親帶我去錄影帶店租迪士尼的卡通回家看」應該是我和母親的回憶，晴晴的年代早就沒有錄影帶了；我想到《母親的摩托

車日記》第二章開頭那句「我人生的第一個記憶是在百貨公司的美食街跟媽媽一起大聲唱歌。」此處肯定不是我和母親的回憶，是我和晴晴才對，晴晴的童年才可能去美食街用餐，才會一起唱 Old MacDonald Had a Farm。晴晴也是我兩層記憶中唯一不變的臉。

我坐在床上，將這兩本散文，和我的記憶報告並排，這些書之間，到底還存在多少這類的文本互涉？我的其他書也有嗎？看來我得花更多時間，做更全面的校對才行。這或許是個重要線索。

至於我最新散文集《臺南的男朋友》，書中我並未寫出前男友的名字，文壇一陣騷動，幾位小說家更被點名，現在看來，根本胡鬧，因為這位移居臺南的雲林小說家根本不存在，而是以我先生為原型所虛構的人物。結果這三本我最滿意、評價也最高的回憶散文，沒有一本是真實的，卻都拿到了文學獎，讀者也信以為真。我現在所記得的一切都是謊言，是我對自己說的謊，而我又透過出版公開這些謊。然而讀完整本記憶報告之後，我腦中冒出一個念頭，會不會，這突如其來的真相，是上天留給我的最佳寫作題材？我慎重思考這個可能性。誠如袁醫師的預測，我並非不能接受。2024確實是個散文大年，許多作家不約而同都出版了散文集，我又豈能落於人後？

天亮之前我初步完成整本書的架構，書名暫訂為《記憶深處》：

導論：文學與記憶
個案（一）：散文家
問題與討論（一）：記憶永存
個案（二）：回憶的人
問題與討論（二）：高概念
個案（三）：作家身影
問題與討論（三）：滅點與自殺作家
問題與討論（四）：記憶整形
個案（四）：三不朽
檢查（一）：小學教室理論
檢查（二）：固態宇宙
問題與討論（五）：記憶管理
個案（五）：記憶深處
個案（六）：大橋圖書館
問題與討論（六）：集體記憶
移地治療（一）：7-11 康橋門市
移地治療（二）：恐怖書店薄伽丘
問題與討論（七）：語義網絡
個案（七）：主旋律小說
後續

個案（六）：大橋圖書館

在家關了好幾天，我出門來到「亡夫」的車禍現場。事發的下午5:20正值交通的尖峰時段，方圓內又座落多個旅遊景點，孔廟、武廟、赤崁樓、司法博物館、臺南美術館，下班放學，找餐廳找景點，人潮車潮川流不息，誰會想到這裡曾發生過死亡車禍？我注意到中正路往臺灣文學館的方向是一個上坡，正對慰安婦少女銅像，那也是最後的撞擊點。路口的土地銀行，也是古蹟，高聳的希臘立柱，整體造型卻宛如埃及神殿，記憶報告中說我們夫妻曾到這裡辦理房貸，買下現在大橋的房子。只是，馬路邊空氣很差，難以久留，我轉身進林百貨，搭那臺窄小的古代電梯到頂樓，倚靠女兒牆向下俯瞰車禍地點，背後是夕陽穿過鳥居。拍完照，我傳訊告訴周治療師：

　　林百貨頂樓風很大　但我的記憶紋風不動
　　　　都到車禍現場了
　　但那些恢復記憶的方法　都不管用

羊老師不會想⋯⋯跳下去吧？

對喔　聽說死前會看到人生跑馬燈

這樣我就能想起來了

那還只是理論　等我　我馬上過去

妳誤會了　但無論如何　謝謝

不必過來

某一陣子開始，我們偶爾會私訊。我繼續寫道，或許我真的愛過這個人吧，無論是前男友還是亡夫，不管是哪一層記憶，A層B層，在他「離開」我之後，我沒有與其他人交往，沒有性生活，再也沒有愛過誰。我寫道，昨晚我搜尋過，他在網路上沒留下任何資料，就像只活在家人的記憶裡。不過我的記憶報告提到，他生前希望在大橋開一間有機農產品店。

蘿蔔卡波利餐廳隔壁的店面在招租

這或許是我能繼續為他做的事

不當作家了嗎?

或許會把開店的經歷寫成書　但得換回本名

畢竟之前寫的散文和之後寫的散文

只怕完全對不上人了

不當了

羊嫚苓封筆　END

雖然佛洛依德的理論不再是主流

但他認為要解決生命的困境只能訴諸理性

只要保持理性　情況一定會好轉

(她隔著螢幕鼓勵我)

是指我的多重人格嗎?

記憶學派不會說這是多重人格

（她連忙回訊，怕我誤會什麼）

另一個帳號我登出很久了

嗯　這幾年妳只登入散文家這個帳號

哪天我突然登入另一個帳號？

會不會就再也無法登入散文家的帳號？

我會忘記　所有當過作家的回憶嗎？

我無法回答　下次問院長好嗎？

（她過很久才回覆，我也已經離開林百貨）

作為一位作家，我從未受過文壇推崇，雖然ＦＢ有許多支持我的讀者，但少有同行給我按讚。散文家馬欣芬是少數願意支持我的知名作家，儘管前陣子她發生一些風波，但她仍是未來「臺北文學館」最最熱門的館長人選之一。

有次我到大直「NOKE忠泰樂生活」商場的蔦屋書店舉辦新書發表會，出版社貓空文學邀請到馬老師與我對談。結束後，我逗留書店內，試著讓方才與馬老師、讀者見面的興奮心情稍作沉澱，再搭車回臺南。

然而就在我覺得心情逐漸平復時，命運卻讓我見到這一幕⋯一位打扮時髦身穿土橘色大衣的年輕女子經過文學書區停下腳步，她本想從架上拿一本書，但身旁戴鴨舌帽手臂刺青的年輕男伴卻一把將她拉走說：「不要看文學書，要看哲學、藝術、社科類的書，比較有自己的想法。看文學書寫不出好作品。」這個人就在一位作家面前，輕輕鬆鬆否定我們所有的努力；這個人很可能也是作家，我似乎在某篇作家的採訪報導中見過那隻手臂。

在那之後我常思考文學如何與哲學、藝術、社會科學抗衡，但又覺得這不是我一個人可以改變的事，畢竟太多作家以文學中的哲學性、知識性、政治性傲人，認為加入這些討論才是人類的高質量文學。現在我的想法逐漸明朗，我再也不會為這種事糾結，我知道該如何突破他們顯擺的迷障。尤其當我開始進行記憶治療之後，我可以斷言，對文學創作來說最重要的不是那些外行人以為的哲學和政治，因為對哲學、政治、歷史、法律、道德、宗教、美學、科技等各種領域的反叛，正是文學存在的理由，個人的經驗和體會才是文學的核心。

我相信：記憶為王。

晚上回到大橋，我先到熟悉的一街咖啡用餐，外帶一杯圖多祕境，再散步走到大橋圖書館正門前的廣場。多年熬夜趕稿，已習慣晚上喝杯咖啡。我找了一個地方坐著，想想失眠到極限有可能喚醒記憶嗎？不知道，但今晚肯定又睡不著。即便羊嫚苓與楊曼妮失聯，但我能懂「曼妮」從中西區搬到大橋的理由。

奇美博物館和大橋圖書館，是臺南獻給世界的兩大文明瑰寶，在我面前正是臺灣最大，也是全世界建築規模和藏書量最大的「文學圖書館」，你幾乎可以在這裡找到世界上所有的文學作品還有相關的研究著作。記得第一次到記憶中心，周治療師說：「圖書館就是我們腦中記憶運作的模型，無時無刻不在進行接收、編碼、儲存、提取。」而我腦中的圖書館，外觀長什麼樣子？記憶分兩層，所以是座「雙子建築」？又以怎樣的建築工法彼此隔開？有一座肯定是文學圖書館吧？另一座呢？親子圖書館嗎？我不可能在沒有任何記憶的情況下就一家團圓，那樣像欺騙，對她們對我都是。我閉上眼睛，向大橋圖書館祈求，能讓我夢見我的圖書館嗎？我有本珍貴的書遺落了，我想要找到它。

當我再次睜開眼，圖書館的正門剛好打開，從遠處看見大廳內那座宏偉的金色沙漏。

這時候，我想到一個最關鍵的問題，之前我怎麼沒想到！我站了起來，得盡快回家，寫完《記憶手冊》才能預約回診：

2024年11月3日

這星期我到母校臺南高商，還有林百貨前的車禍現場，還有中西區舊家改建的大樓前，附近的巷弄我也進去穿梭，等等地點我都去過了。倒也不是無法面對，而是我想先冷靜了解情況後，再做打算。不過這週我刻意避開晴晴一家，尤其是晴晴上下學的時間。

雖然我每天都試著回想袁醫師所說的A層記憶，但想不起來就是想不起來，我似乎已忘掉（毀掉？）這段記憶（前世？）但袁醫師上次又說我沒有忘掉，只是提取的管道出了問題。我想到宗教、哲學，種種對於死後世界、對天堂地獄的千萬種想像，難道都源自這種「你永遠也想不起來」的折磨嗎？晴晴、黃太太，也許我要找的記憶一直不在我這。

這週次的《記憶手冊》，我只寫嘗試回憶的經過、感想，絲毫未寫回憶的內容，我是真的想不起來那些事，但普魯斯特記憶中心還是同意讓我掛號。

問題與討論（六）：集體記憶

第53週回診，我迫不急待想知道那個問題的答案。

『袁醫師，你得稱讚我，』他在看我的記憶手冊，『這個禮拜我想到一個頗為關鍵的問題。』我停下話，先看向他，他也看向我，『為什麼我是作家？你懂我的意思嗎？我先生過世，我想忘掉這段痛苦的回憶，重新選擇一個新身分活下去，但世界上那麼多種身分、職業，為什麼是作家呀？究竟是為什麼？』

「我也想知道。」

『醫生也不知道原因嗎？』

「羊老師，這次擷取的記憶，只記錄到妳流產後回大橋的住處休養，隔幾天妳走進附近一間書店，之後的記憶就擷取不到了。也許妳在那家書店接觸到許多文學書籍，潛意識從中獲得啟發吧。」袁醫師指示周治療師說明，他選擇在一旁觀察我。

『妳是說 Boccaccio 嗎？我好久沒去了。是小說家林秀赫開的書店，聽說是臺灣第一家恐怖書店，不過也販售一般的文學書籍。』

「報告顯示，七年前妳曾和店長，也就是小說家林秀赫有過對話，」周治療師說，

她看向袁醫師，「但我們尚未找到對話內容。你們聊了什麼？和妳的記憶分層有關嗎？是什麼原因造成妳突然和過去的記憶區隔開來，這中間的環節，我們並不清楚。」

「Timing 很重要。」袁醫師說，「更像是一種覺醒。」說完他又沉思了。

『為什麼這麼貴重、先進的儀器，無法擷取到我去書店的記憶？這擺明是很重要的線索不是嗎？』雖然袁醫師肯定我，我卻覺得懊惱。

「不要喪氣，很多人一輩子都找不到自己。」袁醫師似乎決定和我說些什麼，「等等妳走出醫院，走回家，一路上妳看到形形色色的人，還有電視上、手機上滑過的許許多多的臉孔，包括各領域的佼佼者，那些最知名的人，馬斯洛理論說的那些〔成功實現個人理想與抱負的人〕，其實這些人一輩子都戴著社會給他們的面具活著。」

『袁醫師是指，人格面具？』

「不是，」周治療師示意能否由她來說明，「院長的〔記憶假面〕理論（mask of memory），是指大多數人畢生追求的自我實現，其實是集體記憶驅使個體完成早已規劃好的集體目標，如同天生的演員，被指定要求這一生要扮演什麼角色。院長稱這種人格為戴上集體記憶面具的〔假我〕。

『假我？是 false self 還是 pseudo self？』

周治療師接著解釋，「也就是，我們以為的做自己、自我實現，只是執行集體記憶交辦的任務；而且不會只安排你一個人去做，多少人失敗不重要，有人達成 KPI 就可以了，目的就是持續鞏固和壯大集體記憶的心靈統治。」

『假如我的夢想是成為一位知名的、成功的、偉大的臺灣作家，我的聰明才智就是生來為〔臺灣文學〕服務的，是嗎？是這個意思嗎？』我好震驚。

「是的，可以這麼說，一個人的理想經常同於服務集體，正是阿德勒說的〔所謂幸福就是貢獻感〕，而且社會有很多獎勵機制來 push 有這項意願的人。」但周治療師說完也覺得不太對勁，「院長，評估〔個體化〕（individuation）的標準之一，就是一個人對於理想是否有足夠的企圖心。但這樣的話，不就說明榮格的個體化理論是不可能的嗎？因為所有的人生追尋，都可能只是集體記憶下的計畫經濟？」

「需要有人到印度取經、需要有人保護取經的人，於是就有了唐三藏與孫悟空。但是三藏意志堅定，悟空顯然並不情願。」袁醫師的回答像是說了一個謎面，「因為孫悟空的個體記憶反對集體記憶的安排。自我，必須意識到集體記憶對個體記憶的支配，去除這點後，才能真正的個體化。榮格始終是值得尊敬的。」他以今年最火紅的遊戲《黑神話》

為例。我也大概知道記憶學派為何與榮格學派、阿德勒學派分道揚鑣了。

「以前大家都喜歡劉德華，現在他們告訴你不能喜歡劉德華。」

「群體要否定你的記憶，告訴你你是錯的。」

「記憶學派不太說【意識形態】。所謂意識形態，就只是你選擇相信哪一套集體記憶罷了。關鍵仍然是記憶。」

「到底什麼是集體記憶？」我見這個詞彙已經討論很久了。

「集體記憶（collective memory）是被賦予的共同回憶，包括所謂的，文化記憶、歷史記憶、國族記憶。只要是推崇集體記憶，希望建立或維護一個想像共同體的人，就可以稱之為集體主義者。」周治療師強調集體記憶「被賦予」的特點，「這些集體主義者，以集體的榮耀為榮耀，以集體的屈辱為屈辱，否定個人的記憶、感受、認知，努力去除對集體記憶有害的個體記憶，這都隱含了對權力的崇拜；應該說，權力的金字塔就是這麼堆疊起來的，他們的潛意識中都希望成為被崇拜的尖頂，然而最終都將被集體記憶給吞噬。」

她無奈地說，「沒有任何個體可以控制集體記憶。」

「就像浮士德？把靈魂賣給魔鬼，藉此獲得無上的知識與創造力。現在，被集體記憶收買、收編⋯⋯未來，集體記憶就等著為他們收屍？」

「羊老師對文學很敏銳,院長當時的論文就是分析浮士德的故事。」

我們都注意到袁醫師好久沒說話了。又過了五秒、十秒。

「是什麼決定了我們的人生?我們又該如何實現自我?這兩件事分別困擾我很久,但後來我想清楚了,這兩件事,其實是同一件事。」袁醫師打破沉默,「高達說過:你無法形塑電影,是電影形塑了你。〈集體記憶〉其實有另一個我們更熟悉的名字。」

「是什麼?」我和周治療師不約而同問。

「命運。」

「『命運?』」我們問。

「成為命運,就能立於不敗之地。這是集體記憶演化的終極目標。」

『記憶等於命運?』

「命運是這樣形成的。」袁醫師提到那個古典的狂泉寓言,「我們越希望獲得成就,集體記憶就越容易接管個體記憶,因為意識形態就是你想像、期望、價值的總和;當然集體記憶也會給予出賣靈魂的人一些好處,進而批判集體記憶的人就更少了,清醒的人也害怕被孤立、被迫害,最終所有人都服從於集體記憶。整個運作模式,如同共同妄想症(SDD)的發病過程。人生之所以痛苦,就在於命運是一種集體性的精神疾病。」

「難怪耶穌在〈馬太福音〉中說：凡自高的，必降為卑……」這讓我反思，那些標榜前衛、反抗意識的作家、藝術家，都是按照自己想要的目標前進嗎？還是出於「集體記憶」的需要，被交辦來創作些新的東西？從一位自我實現者，變成接單的打工仔？瑞典詩人特朗斯特羅默的詩也寫到了…「我可能受雇於一個偉大的記憶……」這是一個多麼大的網羅，所有人都處在一個程式縝密的文明養成遊戲中嗎？我告訴他們，『我不想活成一個榮耀臺灣文學的傀儡。』」

「我們拉回到羊女士的問題上。」袁醫師覺得離題太久了，「為什麼失去記憶之後選擇當作家？有沒有可能，當記憶清空，自然也就掃除了那些集體記憶，例如臺灣作家常見的幾種僵化的意識形態。這或許是一種【記憶革新】。」

「【記憶革新】的第一步是清除舊的記憶嗎？」周治療師像個學生在旁筆記。

「可以這麼說，當大腦騰出空間，產生新的思考迴路，無疑給了發展個體記憶的機會，即使這新的個體記憶是虛構的。一如那些清醒、覺醒、想擺脫控制的文學作品，經常採用虛構手法來袪魅集體記憶，伸張個體記憶的存在價值。」

一旁周治療師告訴我，袁醫師曾出版《從演化到革命：論集體記憶與個體記憶》的學術專書，將臨床的記憶分析，應用在理解文學和藝術上，建立了「記憶分析文學批評

法」，當年出版造成相當大的轟動，許多文學理論的書籍因此重新改版。這又讓我想到一個很實際的問題：

『如何判斷一位作家，是順從於集體記憶，還是對抗集體記憶？』

「通常是一些黑天鵝或灰犀牛。梵谷、卡蘿、邱亞才，看起來都不像是順從於集體記憶的藝術家，我想妳應該可以在文壇找到對應的作家。」因此袁醫師才那麼喜歡邱亞才的畫嗎？聽說醫院內還有好幾幅邱亞才的逸品。

『也對。』我往後靠在沙發上，『我確實更欣賞那些橫空出世的作家。不喜歡那些，好像前方已經有什麼成就在等著他的寫作者。』在我身後一直是那位普魯斯特。

「不過，今天談的是我十幾年前的論文觀點。」袁醫師似乎發現自己忘了留意看診時間，「坦白說現在我沒把握能完全分辨一個人個體記憶的自覺程度，很可能每個人所做的每件事，都是受集體記憶所決定。而且集體記憶一定不好嗎？倒也未必，不然，人類怎會有今天的科技和文明？人也不可能脫離群體生存。這幾年我也在思考為集體記憶進行團體治療（group psychotherapy）的可能。無論如何，意識到集體記憶的存在，以及對我們的影響，重視個體記憶的真實體會，我想這是很重要的第一步。」

結果這次看診，三個人都在討論記憶與文學，就像錄一場竇文濤的談話節目。我也

越來越喜歡我的醫生和治療師，他們現在就像我的朋友。但他們有可能是我的朋友嗎？如果我的A層記憶回來了，病治好了，或者我的病更嚴重了，又多了個C層D層，我們還會是朋友嗎？我還會記得他們嗎？

移地治療（一）：7-11 康橋門市

「我們去羊老師決定成為作家的書店看看」離開普魯斯特記憶中心後，周治療師私訊我。『袁醫師建議的嗎？』我問她。她說是療程外的朋友聚會，「不是，可以回來再決定要不要告訴院長」

『好啊 一起去薄伽丘』

然而實際上我卻感覺到一股壓力，害怕了起來，以致於前往書店的日期一直擱置，這段時間我也沒回診。只是沒想到，我反而先在東橋八街的 7-11 遇見了袁醫師，他居然是來櫃臺兌換集點獎品。聽說他無論到哪都打著領帶，看來是真的。他見我像是發現他的祕密，邀請我在店內座位喝一款由巴黎奧運獎牌設計師設計的氣泡礦泉水。這是我第一次

在醫院以外的地方遇到他。

「這牌子使用玻璃容器比較好,保特瓶有塑膠微粒,我們就不要了。」

我喝了一口含在嘴裡,點點頭。既然已經遇到他,喝完這口,我即告訴袁醫師,打算和周治療師造訪那家書店的計畫。

「那裡確實是一個重要的記憶現場。」他一邊喝水,一邊剝開心果,說這個有褐黑激素,對大腦的記憶力有積極作用。「不過以我對林秀赫的認識,妳到書店問他可能也問不出什麼。我的意思不是反對妳去,而是妳到了那裡後,妳必須靠自己回想,不要過於期待外來的幫助,以致於產生不必要的挫折感。」

「我知道,我已經去過好幾個相關的地方,但什麼都想不起來。」

「被關閉的記憶,或許未來會打開吧。」

『想來真諷刺,我寫的散文,實際上全是小說。所以我其實是小說家囉?太好笑了,我一直把林文月、史鐵生當成我要超越的對象。』

「對記憶來說,只有〔有〕或〔沒有〕;〔有這段記憶〕或〔沒有這段記憶〕。記憶沒有所謂的真偽。以〔真偽〕來論,妳所書寫的散文,確實都是妳虛構的故事,但以記憶的〔有無〕來說,這些書寫,都是出於妳的記憶而創作的散文。」他看我似乎不懂裝懂:

「就文學而言，妳創作的，依然還是散文。」

「好像沒那麼有說服力喔？」我笑說。

「不不，我沒有想說服，我只是跟著妳見證。」

「見證？」

「現在的妳，是一個新的自己，別忽視了自己的存在。」

「那我以後還可以寫作嗎？」

「妳用散文創作虛構的記憶，以非虛構的手法創作虛構，對妳的記憶進行了難以想像的創作。妳確實擁有極高的文學天賦，沒有必要放棄寫作啊。」

「真的嗎？但我已經不知道什麼是真，什麼是假了。」

「我剛才說，記憶沒有真假。妳知道，我鼓勵每個人寫下自己的人生故事。如果寫作能讓妳找到生命的意義，非常支持妳，我也願意持續幫助妳回憶。能想起什麼是幸福的，這表示我們的人生不是那麼的不值一提。」

「我也希望能找回一點東西，盡快和女兒相認。」我交握雙手。

「打通這條記憶通道，還有很多路要走。」

「我能康復嗎？」

「妳的精神狀態沒問題，只是承載了比一般人還多的記憶內容，得學習如何管理記憶。」袁醫師說，「接著我們可以進入下一階段的療程。」

『需要多久？』

「不知道，但今天可以算第1週。」

『Free! 好棒！您應該常外出看診才對。』

「年紀大，不愛冒險了。」他看了看瓶蓋的內面。

移地治療（二）：恐怖書店薄伽丘

11月25日週一中午12點10分，我和派葳在「薄伽丘」碰面了。她利用午膳時間出來，一見面就希望我在醫院外別叫她治療師，「叫我名字就好。」但她還是堅持叫我羊老師。只是很不巧，女店員告訴我們，店長最近在寫小說，外出田調，不確定什麼時候進店。派葳覺得可惜，但聽到店長不在，我反而鬆了一口氣。接著我按照派葳的叮嚀，依循感官直覺來追索記憶：「回憶往往出現在看似無關緊要的細節，透過景觀、物品、氛圍，向感官傳遞訊息。」

視覺上,她要我留意熟悉的人、事、物,盡可能尋找眼熟的物品,「切記,不是自己喜歡的物品。羊老師現在喜歡的,過去未必喜歡。」可以多觸摸這些物品,感受溫度、觸感,製造觸覺上的回饋。聽覺上,找機會放空思緒,聆聽店內播放的音樂,有時候,回憶的畫面就會自動闖進來。店內正播放 David Bowie 的專輯 *Scary Monsters*,現在的我不排斥,但楊曼妮顯然不會喜歡。「窗外的聲音和噪音,可能也是線索。」派葳說,她也在幫我留意,引導我說出對每首歌的想法。嗅覺,書店的味道、書的味道;味覺,店內的餐飲,自己可能點過的飲料、食物。『我看了菜單,不可能每樣都點來試吃吧。』派葳只好攤手,「對了,還有空間感。」她說,「但是空間感不能單純歸類於某種感官。」

『等等等等,等等好嗎?』我請她別說明產生空間感是大腦哪個小區的職責⋯『我想純粹感受這個空間。』

書店由住家改裝設計,聽說這棟別墅是店長兒時的家。外觀破舊,像棟鬼屋;屋內一樓是挑高的樓中樓,大片落地窗,陽光灑落地板,非常居家,房子內外有很大的反差。客廳酒紅色沙發後方是整面的書牆,角落的古董鋼琴也非常的 un-bookstore。但除了感覺舒服以外,並未讓我想起什麼。

『店內的擺設，好像比過去開朗？』

『牆上油漆也重新刷過，但我還蠻喜歡現在的空間，像一家精緻的古董店。之前就真的走恐怖風。』

『但這樣整個空間，就和七年前的書店不同了。為什麼偏偏選今年，在我想找回記憶的時候重新裝潢……』

『很多事都會隨時間改變……』她能感覺到我的失落。

『會不會，有我的書？』我打起精神說。

『之前羊老師來，沒留意過嗎？』

『嗯，很久沒來了，加上中間有一陣子出版的書我都不喜歡，去書店就沒有再找自己的書。後來為了寫出更好的作品，才去看記憶門診。』突然我連續咳了好幾聲。

『還好嗎？』派葳遞面紙給我，我說不用。

『有聞到一股嗆辣的煙味嗎？』

『我沒聞到抽菸的味道。』她深吸一口氣，看向窗外尋找。

『不是抽菸，像燒東西的味道，還有一股熱。但那味道已經沒了。』

剛好我的手碰到角落一張方形的展示桌，沒想到桌上正陳列我的書，從第一本到最

新的一本，都有，有兩本還秀出封面，當然一旁也放了其他名家的書。

「店長很重視羊嫚苓老師的作品，親自寫了推薦字條。」女店員走上前說，但我並未因此而高興，顯然她並不知道眼前就是作者本人。隨後我發現，這張桌子重新上了亮光漆，似乎也刨掉一層表面，但仍可以看到些微碳化的痕跡。

我問女店員，「這張桌子怎麼了？」女店員表示不清楚，她笑著說：「店內大概除了新書以外，都是我的前輩。」她說今年才辭掉臺北的工作回到大橋，對之前書店的情況並不清楚，不過來了之後書店有了翻改造，舒適度大幅提升，「原本書店給我的感覺很頹廢，牆上掛的一些暗黑風格的繪畫、攝影，店長都收起來了。」顯然她與我的過去無關。

「好吧。」我把目光再次移回自己的書上。

2017《母親的摩托車日記》
2018《霧中風景》
2019《夜長暖足有狸奴》
2020《文學在此轉了彎》《當作家寫作時》
2021《嫚苓托巴》《紐約客夏》

2022《挪威，No way》《1951，霍普的海邊房間》
2023《臺南的男朋友》

七年寫了十本書，真勤勞。我在自己的書前站了一會，撫摸書皮，將每本書翻閱過，雖然沒想起更久前的事，卻想起寫這幾本書的過程。

一個人關在大橋的房間內，以為家人都走了只剩下我，想為家人和自己留下點什麼拚了命寫作；實際上卻是忘記先生，拋棄母親女兒，把自己封閉在想像的世界，瘋狂逃離過去，不停創作散文編造自己的現實。這樣的兩面的我，從未申請過創作補助，也從未入選年度散文選，但感謝仍有家人在世，感謝仍有出版社願意出版我的書。

『我們離開吧。快三點了，派葳下午還要上班吧？』

「羊老師別氣餒，有時候我也會忘了東西在哪，找好久都找不到，但是我知道只有繼續找，才有可能找到。」

『如果那時候，我更勇敢就好了。而不是用記憶換來忘記……』

問題與討論（七）：語義網絡

普魯斯特記憶中心院長室內，掛著一幅邱亞才的畫作《心理醫生》。

「今天去書店情況如何？」

「羊老師情緒還算穩定，但她仍舊無法想起之前的事。不過⋯⋯」

「具體一點，說看看。」

「我刻意問她，書店播放的音樂有讓妳想起什麼嗎？她說沒有，但她能告訴我歌手是誰、歌詞的意思、歌曲背後的故事，臉上更帶有一抹自信的微笑。」

「嗯。然後呢，妳有什麼想法？」

「羊老師語感好，發音漂亮，我也讀過她翻譯的文章。她真的不曾在中研院歐美所工作嗎？我有點震撼，畢竟學語言需要時間。」

「她出版第一本書的新書發表會，英語就已經是這水平了。」

「難以想像一年內能有這麼大的轉變。」

「是八個月，期間還要寫一本書。」

「好吧。對了院長，既然送去提思智能的加密影片已經解讀出來了，為什麼不給羊老師看？或至少改以文字呈現拿給羊老師看。」

「很好的建議，幫我把影片轉換成文字，不過是給我。」

「好。但院長，您還沒回答我。」

「什麼？」

「為什麼不讓羊老師知道這段回憶？」

「以妳的專業，這段影片適合給解離性失憶症的病患看嗎？不會加深她的恐懼？記憶的滅點不會一直固定在同一個事件、同一個位置，下次可能就沒這麼幸運了。」

「可是這樣我們就對病患隱瞞了。」

「沒有隱瞞，我希望她主動想起，或等之後再告訴她。」

「好吧。」

「今天有遇到那位小說家嗎？」

「沒有遇到店長。店員說他在寫新的小說，出門尋找靈感。」

「還是老樣子。」

「院長和他不是舊識嗎？要不要直接問他？」

「那妳幫我問他，就說是代我問的。」

「我？我輩分不夠吧⋯⋯」

「我去問，他也不會說的，何況我也還沒弄清楚他的目的。另外，情節記憶可以用想像力編造，但羊嬤苓的語義記憶，那些快速具備的外語能力、寫作能力，這之間的語義網絡（TLC）是怎麼建立起來的？我們可能得參考人工智慧的模型。」

「要我幫您和提思智能的執行長約時間嗎？」

「小哀也是很忙的人。先給我文字檔，或許能有新的發現。」

「好。院長辛苦了。」

個案（七）：主旋律小說

（主觀鏡頭）

『沒想到林先生也是車禍遺族，謝謝你告訴我這些訊息，原來過失致死，在臺灣最多只判五年。最近對方一直聯絡我想和解，我煩惱該怎麼辦，現在比較清楚了。我會聽您的建議，以女兒的需求為主要考量。』

「這是國際知名的心理醫師袁秀波的名片,他就住在大橋,如果有需要可以找他。希望妳盡快走出傷痛。」

『林先生給袁醫師看過嗎?』

「當然,對不對袁醫師?」

『謝謝。』(我收下名片,轉身了又回頭)我買幾本書好了,最近常忘東忘西,一直想看點書,動動腦。』

(我不敢看恐怖片、恐怖小說,所以那幾個書櫃,我不想靠近,只逛一般的新書區。半小時後我選了三本書,到櫃臺結帳)

「請問這三本書,在哪拿的?」

(我指向那張桌子,他拿書走了過去)

「奇怪,我進過這些書?」(我們站在新書區前)

『有什麼問題嗎?』

「可能是店員進的書吧⋯⋯」

『我知道的作家不多,但這幾位都拿過文學獎,也有拿到政府的創作補助,肯定都是非常優秀的吧,就想買來看看。』

「抱歉這些書不能賣妳。」

「為什麼?」

「這本書的作者說過,車禍是最俗爛的死法,不會寫小說的人才會用車禍收尾。妳還要買他的書嗎?」

「我不知道……我不知道他說過這種話。」

「不是妳的問題,相較於臺灣的悲情歷史,妳受的傷,什麼也不是。」

「什麼?」(我不懂)

「每個都想寫大歷史、大敘事把自己也變成大作家,又怎麼會知道車禍死才是臺灣人的日常,是最真實的寫照。」

「這本就不要了。」(我把那本討厭的書推開)

(他看我還要買另外兩本)

「我剛剛就說了,妳的痛永遠不會成為臺灣的痛。這些作家心中只有臺灣,是為自己的文學地位而寫,妳為什麼要買他們的書?他們瞧不起妳啊。」

「那我都不買了。」(我將兩本書放回桌上)

「還不夠。」(什麼還不夠?)

「馬克・吐溫說：當你發現自己從於主流，就該反省了。」

（他拿出打火機，在我面前點火）

『你在做什麼？我不是說我不買了嗎？』

（他沒回話，只是一本接一本，三本書燒完後，他再燒新書區其他書，好幾本都是拿大獎的書。我要馬上離開書店嗎？但他又說話了）

「有什麼好可惜的，他們寫二二八、寫白色恐怖、寫戒嚴，一本複製一本，有缺這幾本嗎？」

（種主旋律小說，只會越來越多，一本複製一本，有缺這幾本嗎？）

（窗戶進來大風，吹散桌上的火苗）

（火勢蔓延到周圍的書架，而且煙好臭、好嗆）

「妳來寫。」

（隔著火，他像說了什麼，但我沒聽清楚）

『咳咳！你說什麼？』（我還沒走，想知道他說了什麼）

「妳要不要寫？」

『寫？寫什麼？』

「寫妳的故事？要不要？」

『我不會寫啊。』（我感覺快不能呼吸了）

「妳比他們有天賦,為何不寫?」

『我?我又不是作家。』

「那妳就當作家啊?」（作家?根本不可能）

「要不要?」（我搖頭）（我不確定自己到底要答應他什麼,拜託他快滅火,快!)

「妳到底寫不寫?」

（他居然把新書書區全燒了,木桌也燒起來,他還不收手!我呼吸不了,書燒起來的味道竟然這麼噁心,這麼臭!)

「妳一定要寫,把妳現在的痛苦、不幸、憤怒,都寫出來!」

「到底一直逼我做什麼!最近怎麼那麼倒楣!」

（屋內到處是濃煙和起火點!四周牆上盡是可怕的繪畫、照片,根本是地獄!)

「我得逃!他真的會把這棟房子燒了!我不要死在這!我轉頭往出口衝去)

「妳出去後,繼續活著,有什麼意義?」

（我停下腳步,回頭看他）

「所有人都會忘記妳先生,忘記妳們一家的遭遇,妳甘心嗎?」

（我眼睛好酸不知道是煙燻還是怎麼了）

『該怎麼開始？』

「寫妳最熟悉的城市。」

（眼前飄散的星火，是書的殘骸？還是被書禁錮的靈魂？）

『你快滅火。』

「等妳新書。」

『再見。』（我轉身離開那已陷入火海的書店，回家後我發燒到41℃）

後續

「羊老師好。」回到家門口，晴晴正好放學回來，今天似乎早了一點。我還沒準備好面對她。她拿出電子鎖的磁卡，和我一樣正準備開門。走道上我們背對背，即便我未恢復任何記憶，但我仍忍不住對著門啜泣，怎麼辦，這樣會被那孩子發現的。

「是媽媽吧。」

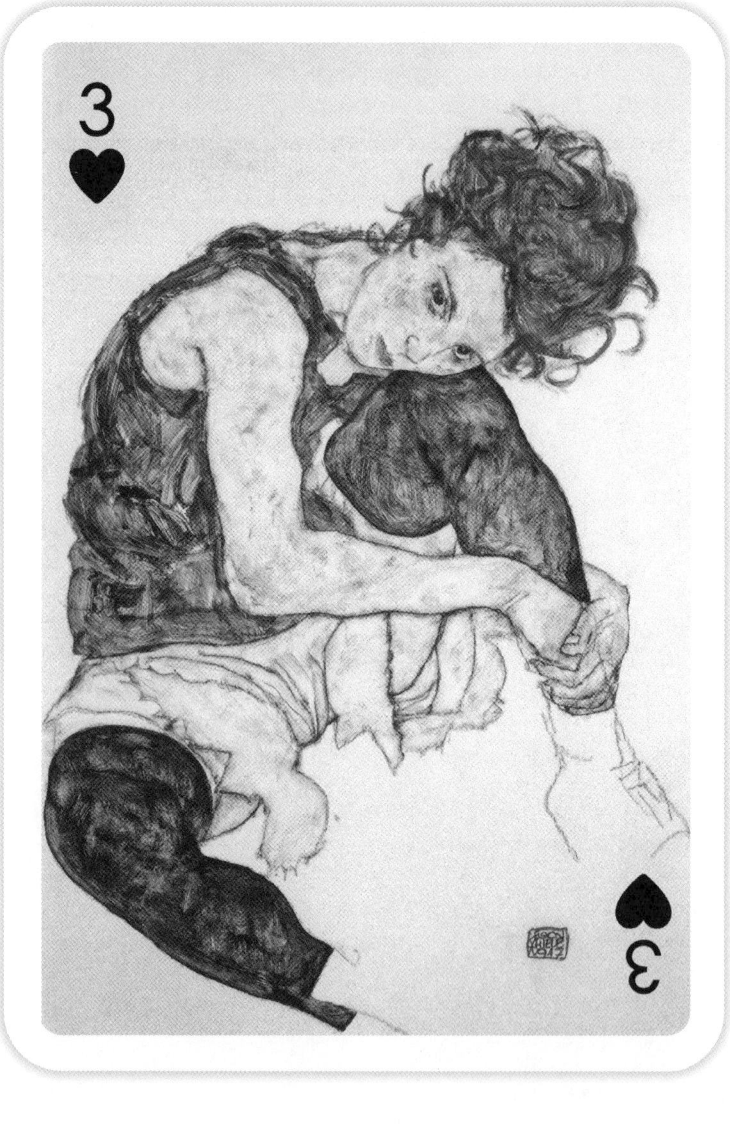
3

入幕之賓

這天,安舒迎來她的文學性死亡,被文壇徹底封殺。

「我們只是臺北的寄生蟲。」

「什麼話？臺北哪個作家不是北漂？九成都是。」

「是啊是啊，那些寫〔現居臺北〕的，都是──」前輩微笑看向安舒，「像安舒就不會寫什麼〔現居臺北〕，和那些蹭臺北的作家不一樣。」

「沒錯，那些假臺北人敢出席嗎？」

捷運紅線上，安舒背靠門邊的透明隔板，想事情。腦中仍是方才座談會上過於嬉鬧的喧囂。地點位於新北市永和一間小小的社區書店。她剛出版人生第一本書，她的得獎小說集《臺北文青小史》，書名即取自臺北文學獎首獎作品。幾天前她從網路得知有家書店要舉辦「北漂作家」的座談會，邀請「臺北作家」免費入座。她想，新書在書店曝光的時間只有短短的一個月，不，更短才對，任何打書的機會她都應該努力爭取。杜杜編輯提醒她「倘若沒有活過第一本書」，就會變成所謂的「一本作家」。原以為還會有其他「臺北作家」出現，沒想到只有她。於是一位文壇新人反成為今晚的主角，當然在場的北漂作家們都很照顧安舒，都是寫作的前輩，畢竟是書店的行銷活動，非真要相愛相殺，話題辛辣只為吸引讀者到場。果真來了不少人呢。安舒也順利賣完帶去的十本

書。賓主盡歡的好結果。

「今天也被問到名字了。」

「很多人以為安舒只是名字，常問她姓什麼？」「但，真的姓安名舒。」

「妳可能還不懂，在臺灣，越文學的作家越奉行寫作實名制，」杜杜編輯說，主辦單位為力求公正，外加報帳方便，多半限定本名參賽，也造成文學獎脫勾囉。「如果妳另外用筆名出版，這樣就跟之前累積的文學獎世代的作家大多以本名出道，」當時她不過以新人口吻隨口問一句「我需要取筆名嗎？」沒想到出版社如此慎慮筆名了。其實她早就注意到了，以筆名行走江湖的作家，多在網路上直接經營讀者，數萬名粉絲擺在那，往往編輯就藏身粉絲之中，坐等出版社開口邀書。她大學階段獲得不少文學獎項，接著整個研究所生涯都不斷嘗試出書，但有時候出版社連退稿信也不給她，這種失望曾讓她以為作品被丟進一個個以出版社命名的黑洞。她想遲早文壇都是百花撩亂的名字，不再是他們這些辛勤耕耘文學獎的百家姓。

她在芝山站下車，回家前習慣先到對面的摩斯漢堡坐一會，通常只點一份雞塊，不點別的。「無論如何，社會已形成文學作家用本名，通俗作家用筆名的刻板印象。使用本名的作家感覺嚴肅了點、文學了點；使用筆名的作家，是輕了點、俗了點，更像藝人的藝名。」「您說的我知道。」「對，當然也有使用筆名卻被歸類到文學那一邊的作家。」「例如？」「言淑夏本名劉淑貞，蕭熠本名蕭培絜，楊双子本名楊若慈，王和平本名黃曦晴。」「姊姊們本名都很好聽。」「伊格言本名鄭千慈，後來不知何故又改名為鄭亦昫。他的筆名，妳知道吧，脫胎自加拿大導演艾騰‧伊格言。」「就像藤井樹嗎！《六弄咖啡館》作者。」安舒看著之前和杜杜傳的訊息，她不打算用筆名，更沒興趣拿別人的名字當筆名，她知道筆名最反感筆名的其實是貓空文學的邱總編輯，只是派杜編輯來說服她。她不打算用筆名，也沒興趣拿別人的名字當筆名，但她確實存在反抗的想法，感覺臺灣的作家在名字上缺乏創意。每次文學獎放榜像在看大學榜單沒有作家的感覺。不過能在得獎名單上看到自己的名字，安舒還是蠻高興的。她也因為文學獎資歷，順利錄取臺北城市藝術大學的文學所，一年僅不到十個名額。以創作畢業，對她來說並不困難。很快，畢業後她就應徵上忠泰美術館的行銷推廣專員。「姓什麼？哪裡人？」面試時人事主管以為安舒只是名字，另一位面試官提醒主管「是全名。臺北

人,都是臺北的學校。」

回到家,她打開燈,覺得還是買了太多不必要的東西。「坐牢感。」房間已經很小了,更難以想像生活會忙碌成這樣,為何總是無法逃避那些純粹因生活迎面而來的瑣事。她得先處理完公司的信,睡前才有時間寫作。不知道從什麼時候開始,她就非常討厭寫信最後押上「週末愉快」這句話。類似詞彙有 Happy Holidays、假日愉快、暑假愉快（上班族沒暑假好嗎,但寫信給教授也沒辦法）,每個都非常討厭。除非出國,她從未請過三天以上的長假。每到放假,尤其是長假,她的壓力就特別大。連過年也都待在臺北。

「如果過年期間不在臺北,就很容易被懷疑不是臺北人。」

她第一次說出自己是「臺北人」是在長安西路的臺北當代藝術館。那時候她只是大學三年級的工讀生,胸口仍不習慣掛識別證。正當眾人忙著布置新一期的聯展,有位剛畢業的年輕藝術家突然走近她,說她特別白皙,氣質不凡,「妳是臺北人吧?」安舒雙手正拿著東西,「我天母人。」她不知道當時為什麼這麼回答,或許單純只是不想透露個資。

但對方似乎很滿意這個答案,「真正的臺北人不會說自己是臺北人,而是說臺北哪裡的人。像我都說自己是萬華人,我同學也習慣直接回答大直、景美,」她逐漸把安舒拉離工作區,話不停啼地分享自己的社會觀察。

「貴姓?」

「我姓安。」

「等等布置完,請安舒喝咖啡。」她微笑把名牌貼回安舒胸口。

「真假?」

「這也是臺北人的特徵喔。愛說真假。」

「我是姚芸朵。妳呢?」她遞出名片,見安舒有點懵,直接伸手拿起她胸口的掛牌,

安舒記得和芸朵相認那天,等兩人喝完咖啡,她就獨自搭公車去天母,一個偶聞其名卻從未到過的地方。回來後,她好喜歡那裡,訂閱了所有與天母有關的社群專頁。那陣子她常去逛天母的街道、商店、公園、學校,拍了好多照片,她好想趕快熟悉天母這個地方。雖然那天不過是藝術家們太無聊了,玩起猜誰是臺北人的遊戲,但「不知道

芸朵又會突然問起什麼？」她得做好準備才行。後來果真來問。芸朵一直住在西區，很想知道住在天母是什麼感覺？這些問題，安舒不僅能回答，還能帶她去逛那些店。「我們手牽手，各揹一個小廢包，」「沿著中山北路六段走到七段，」「逛假日的天母二手市集，在天玉街星巴克午餐，」「下午三點走去〔天母愛閱讀〕圖書館打卡當文青，」「傍晚買 On the Road 義式手工冰淇淋，」「還有隔壁的珊妮韓式年糕，」「再到對面的天母棒球場欣賞球賽。」一路上她告訴芸朵，這就是在天母的生活。她想生命中的每個瞬間都是真實存在過的瞬間。她不住在這裡，但她真實享受了這裡，還能和芸朵分享。或許是高中開始創作小說養成的田調能力與虛構能力吧，幫助她扮演好天母人的角色。更重要的是，化身在地人之後，她覺得自己更喜歡也更了解天母了。直到現在她們還是朋友，並且好多年的時間她們把彼此當成知己，「討人厭的北漂」是她們不變的話題。她倆還在書店發現一項鐵則，那就是，給安舒說吧，「只要簡介寫〔現居臺北〕（定居臺北〕的作家絕對不是臺北人」芸朵問「是不是也看過臺北熟成？」安舒說「或許是舒肥美食作家？」「如果是臺北製成呢？」「肯定是位賽博羅曼蒂克（Cyberomantic）小說家囉。」「Made in Taipei 的概念。」有了這樣一位臺北閨密後，安舒就更坐實了臺北人這件事。

消息是如何擴散開的?不知道,現在新舊同事都知道安舒是臺北人,一方面開始與她疏離,另一方面卻又對她投以欣羨。這也讓安舒感覺到一種說不出來的優越感,或許還是一種美感、性感。「魅力總是可見的。」她身邊開始出現追求者,有男有女,有公司內的人,也有工作上接觸的顧客、合作者。無論如何,她讓人更喜歡了。她第一次到貓空文學出版社,邱總編輯就說「我對妳有期待。」杜杜編輯也在一旁微笑點頭。過不久《聯合文學》《幼獅文藝》紛紛表示採訪她,畢竟已經很久沒有臺北本地的新秀了。還有一次安舒搭計程車到酒店接一位藝術家,計程車司機光聽她在車內的對話,從口音就斷定她是位年輕的老臺北。「在臺北沒有人不知道我是臺北人了吧?」她想,只要不落文字,始終維持口頭上的說法,應該就不會被發現?她在臺南的母校,大橋國小、復興中學,剛好臺北也有相同的校名。她沒有說謊,只是沒必要解釋。她出版的第一本小說集《臺北文青小史》,折口的作者簡介她刻意不提自己是哪裡人,只寫獲獎經歷、興趣、聯絡方式,附加一張照片。「妳書名已經很明了不是嗎?」芸朵稱讚這點,「才沒必要寫什麼(現居臺北),根本不用寫,省得麻煩。」不過,在臺北還是有一個人知道她是臺南人——她已分手的前男友,而且她還沒找到完美解決這問題的方法。

修從小在臺北長大，他的母親是知名散文家馬欣芬，也是安舒某次獲獎的評審之一，儘管當時她並未給安舒很高的分數。最初兩人是在「日星鑄字行」挑選名字的鉛字時認識的，當時芸朵也在，不過芸朵名字的鉛字離他倆的位置非常遠，等芸朵走過來時，她和修已經互加好友。這位作家之子喜歡邀請安舒看電影，安舒喜歡電影，卻不喜歡到電影院約會。「那就像一群人／被關在一個漆黑的大盒子內／固定在座位／一同瞪起眼／強迫閱讀／正前方受限於時間／無法暫停的表演。」她新書中的一篇小說〈約會不看電影〉總結了在家看電影的優點：可以往前看、往後看、躺著看、站著看、趴著看，還能開燈看；但在電影院不行，演到哪就得看到哪，避免聊天，避免走動，無法正常飲食，無法手動時間軸，「費勁看完兩小時的片子，燈亮了大夥一哄而散。」選擇在這種地方約會，真能拉近彼此的距離嗎？看電影已耗去大部分的見面時間了，缺乏言語和心靈的交流，以致於看完電影後的牽手、接吻、擁抱，她總覺得有些奇怪，是不是略過了什麼？少了點什麼？華山光點、松菸誠品、長春國賓，是那陣子最常去的地方。「平日看一部電影還好。」安舒最害怕影展，因為有

「套票」。

那次他們按「套票」自下午開始進行馬拉松式的觀影活動，被杜比視界和環繞音響疲勞轟炸了一整夜之後，剛離開座位的她感覺生命中的某部分已經耗盡，一早兩人走出電影院才發現季節完全變了，身上的穿著已不合時宜。然而這些她都還可以忍受。最初是她在看電影時一閃而過的念頭，且隨著每次觀影逐漸加深恐懼，那就是以修的母親在社群平臺仗義執言的俠女風範，一定會把她假冒臺北人的事情說出去。於是那年奇幻影展閉幕後，他們分手了。他在家提過她嗎？她母親知道兒子的女朋友也在寫作嗎？雖然那時她還未出書，但她常主動向修提到最近在寫什麼故事。安舒覺得，修似乎需要很多故事來填滿人生的空隙，所以他才有看不完的電影。因為是曾經想認真交往的人，她沒辦法騙他自己是臺北人。只有修去過她在臺北的家，她就住在臺北橋下大橋頭的老舊套房，租在這裡的一個原因是公司沒有人住附近，然後也帶有一點命定的自嘲──安舒的老家是位在臺南一個同樣叫大橋的地方。她其實是臺南作家。

安舒的母親常打來希望她回臺南工作，說大橋這幾年變化很大，「現在比臺北還進步，」電話立即被安舒掛斷，父親則不願主動打給她，「就當女兒嫁去臺北了。」但站在安舒的立場，大學考上臺師大圖文傳播系，接著錄取臺北的碩士班，又進入忠泰集團工

作，幾次人生的重要階段，「都是臺北留住了我。」回到工作上，每次展覽圓滿結束，辦公室都會互邀去餐酒館，彼此談心、相互許諾，但隔天誰也不會去問長官同事是否兌現，都明白這只是酒後的場面話，「那時那刻真誠就好，隔天回到現實就請繼續努力吧。」下班或聚會完，安舒習慣搭捷運到芝山站下車，走到對面的摩斯漢堡坐一會，再搭捷運回大橋頭站；如果是搭公車，她會在天母的忠誠路下車，任一站都好，只要是忠誠路，走一段路之後再到對向搭公車回臺北橋。從最初擔心有人跟在她後面回家，到變成一種生活上的儀式。「好像只要多做點什麼，心裡就會比較踏實。」公車上她想起與修最難忘的不是在電影院，而是某次兩人偶然沿中山北路走過林森公園，雖然只是很短的一段路，從南京東路走到新生北路二十八巷那間星巴克買咖啡，再一起走去欣欣百貨的秀泰影城。她多希望能在公園待久一點，不要那麼快去看電影。

最近安舒又想起修，只是沒想到，這起因於【臺北文學館籌備處】的成立。安舒自認還小，不是什麼重要作家，自然未被邀請參加「臺北文學館提案活動」。不過她看百名推薦人名單也有和她一樣只出過一本書的年輕作家，且邀請名單中沒有舒國治、張大春、胡晴舫、何致和、吳明益、張亦絢、胡淑雯等臺北人，反而多數是北漂，此外還擴

及香港的陳智德、鄧小樺、廖偉棠等文化人。安舒負責公司的行銷業務，知曉這和主辦方的人脈有關，名單本來就不可能完美。之前胡晴舫主編《我臺北，我街道》找二十位作家書寫臺北記憶，就在編者序坦言執筆者半數是北漂。大學安舒來到臺北，未來在臺北的時間只會更長。許多異鄉人包括她都希望打開臺北，用更廣義的內涵定義臺北人，將自己納進去。可是故鄉怎麼辦？真正的臺北人又怎麼看？正因為每個人都擺盪在「我從何處來？我往何處去？」之間，也就容易問起「我是誰？」雖然她自認是臺北作家，卻始終對臺北作家的定義感到困惑。算了，想到前男友母親可能也在場，安舒就為自己沒被邀請鬆了一口氣。果然，當晚安舒就看到散文家馬欣芬在臉書大聲疾呼 #別再拖延！儘速成立臺北文學館。前男友母親是嘉義人，非臺北人，但北漂通常只有一代，熬過，下一代就是臺北人了。說穿了就是一種「島內移民」。安舒知道「出身於哪」和「支持臺北文學館成立」是兩回事，她也不用太敏感。然而，這麼多年來，各地的文學館紛紛成立，臺北市竟然沒有文學館，本來就令人費解。何況臺北擁有全臺最多的作家與出版社。難道執政者擔心臺北文學館未來將挑戰臺灣文學館的地位？她也遇過見過那種刻意說自己不關心臺北事務的臺北作家，那種不在意臺北人定義的臺北人，嘴上說不在意，骨子裡驕傲得不得了。這種人為何不離開臺北？騰出空間給比你更關心臺北、更在意臺

「臺北文學館一定要成立。」她的熱情已被點燃,希望自己也能為這件事做點什麼,給了馬欣芬的貼文按讚,並轉發到自己的粉絲專頁。

打卡後下起大雨,離開公司安舒仍舊先搭捷運往天母,列車經過民權西路站快速駛離漆黑的地下洞穴,進入視野開闊的高架路段。看向窗外,她想臺北這塊土地承擔了生態極大的痛苦,卻換來我們的燈紅酒綠。「因為都是外地人。」這應該是一直以來沒有臺北文學館的原因。所有人都來到這裡,卻沒有人真的隸屬於這裡。哪天文壇又掀起「尋根」熱潮,懷念起故鄉的一切,臺北在他們筆下又會變得滿是缺點。屆時她絕對不會說臺北壞話,她打從心底愛著這座城市。安舒印象中的臺北與文學,不是那一場接一場的新書發表會、座談會,而是那些與文學人有關的不期而遇。她曾在南京復興站與吳明益擦肩而過;剛離開明星咖啡館就遇見黑衣詩人羅智成,她背包中剛好放著一本《夢中書房》;又有次在民生社區 Living Lab 前面偶遇騎 YouBike 的詩人李進文;走過臨沂街巷弄碰巧張曉風自公寓樓梯口出來;某個雨天向晚在溫州街口的 7-11 遇見李渝,那是她最後一次回臺北;晚餐在伊通街的 Fika Fika Cafe 與舒國治背靠背用餐;也曾一早在松咔酒店與陳冠中同場享

用buffet，在這之前她剛讀過陳冠中那篇〈臺北的質感〉寫到「臺北的好是它的神韻風流，是它的文化與文明。」她巧遇過許多作家，她喜歡這樣的文學臺北。但不知道為什麼，突然文壇都知道她和修曾經交往過，傳聞更難聽的是她甩了知名散文家的兒子，這讓原本出版社安排好的雜誌專訪臨時喊卡。

「安舒，妳剛好處在風頭上，我們不要再刺激馬老師了好嗎？妳也知道她在網路上有很多讀者。」邱總編輯再次要杜杜來說服她。

「新書檔期怎麼辦？如果我都不打書，一刷500本賣得完嗎？」

「賣不完沒關係。重要的是，妳還要出下一本書。」

她還是被杜編輯給說服了，「哪次不被說服？」只因為她轉發前男友母親的文章，就被發現了嗎？是修告訴他母親的嗎？確實是她提的分手。難道她書中的那篇小說〈約會不看電影〉修看見了？傷到他了？「我只是不喜歡見面時看電影，到底寫了她什麼？」「答應我別想不開。我去妳家陪妳好嗎？」芸朵擔心，可是她怎麼能讓芸朵去她臺北橋的家呢。下班後，

她逗留天母的時間更長了,長到像一世紀,她跌得很深很深,臺北湖淹了回來,整個臺北城就像座百年前的水下遺跡。突然,安舒想到一個比天母更重要的地方。她搭捷運前往即將在年底熄燈的信義誠品,等她趕到,本想喘口氣時,原本新書區屬於她的位置已經放上整排吳明益的新書《海風酒店》。這是她第一次感覺到所謂的「類封殺」。就在她心情滑落谷底之時,緊握的手機突然震動,收到一位陌生作家的來信。

到家之後,安舒終於比較能冷靜讀這封信。收件人確實是自己,發信人則是知名的小說家朱宜安。安舒曾在碩班時聆聽過她的專題演講「虛構為我之物」,當時她就是教授們非常看好的臺灣女性小說家,可以說是和上海周嘉寧、香港韓麗珠同級別的臺灣女性小說家,甚至更令人期待。剛聽完演講就到學校書店買了朱宜安的小說《難忘書》,並且非常後悔為什麼沒能事先購書拿給她簽名。她是一個光看背影就能讓人進入文學世界的奇女子。

我讀了妳在藝大的畢業作品《臺北文青小史》,覺得很好,日前透過溫老師的介紹,又更明瞭妳的情況。正好有一份文學雜誌想刊登我的長訪談,在找一位採訪者,安舒願意

幫忙嗎？(可參考村上春樹《1Q84之後～村上春樹Long Interview》/安妮・艾諾《如刀的書寫》)

YiAn

安舒一口答應了。當晚她就在信義誠品買了這兩本長訪談與朱宜安的小說。回家後，睡前回信時她仍不敢相信這是真的。她喜出望外，沒想到會被知名小說家親自點名肯定。朱老師是因為知道她最近發生的事，而伸出援手嗎？不等安舒多想，隔天朱宜安就回信了，向安舒早安，並問她最近在看什麼書？也提及自己最近在看的書。朱特別聲明她愛閱讀不同領域的書籍，這能帶給她許多靈感，不會侷限於只讀小說。安舒回信談起朱老師最有名的《難忘書》(The Book of Unforgettable Events)。每到過年，人都會想告別舊的一年迎接新的一年，而朱老師把這概念具像化成真正的死亡與復活，讓每個人在過年期間都必須面對自己的死亡並等待來年的復活（卻又不保證所有人都能復活），於是「全人類都在除夕夜告別，在新年再見。」也讓人思考何謂告別？何謂新生？由於安舒都在臺北過年，她在信中將自己在臺北過年的經驗與《難忘書》相互比對，正因為深刻而獲得對方嘉許。

謝謝妳對《難忘書》的想法，總算無令大家失望。有我其他小說嗎？我寄給妳。

YiAn

通信之後，朱老師提到的書，安舒都會從網路下單，再到天母廣場旁的7-11天東門市取貨付款。有時朱老師也會寄東西給安舒，通常是書，也寄過紀錄片《她們在島嶼寫作》（女性版），安舒以家人白天都要上班為由不方便簽收，一樣請朱老師寄到7-11天東門市給她。通信多了後，在朱宜安的允可下，安舒開始提出些大膽想法。相較於《難忘書》是朱宜安最受好評的作品，安舒覺得朱老師成就最高的小說是「同名主角」的姊妹作《蘆葦》（Reed）、《女拿破崙》（Lady Napoleon）和《珍珠犬》（Pearl Dog），分別描述1930、1980、2020三個不同年代，十八歲且名字都叫「蘇麗君」的女子離開家鄉到臺北生活的故事，也迎來各自不同的結局。這點發現深獲朱老師認同「我很高興妳可以讀到作者對每個故事的用心之處，這三部曲也是我花最多心力完成的作品。」慢慢的他們通信的內容，也從文學上的討論轉為生活上的分享。年長的她對她充滿關懷，常問起她的生活，也關心她的寫作。

只是，朱老師為何選擇北漂題材？她也是北漂作家嗎？找不到相關資訊。朱老師從不在自己的書裡提自己的事，她只寫小說，而小說又是完全虛構的世界。只知道她先生是科技公司宇鴻集團的總裁高宇鴻，後來安舒果然在《商業週刊》一篇高宇鴻的訪談中得知他夫人是彰化人，婚後才定居臺北，育有一子二女。安舒想，她在家和先生聊文學嗎？她先生肯定是喜歡她的，但喜歡她的小說嗎？或者說，喜歡她創作嗎？她又為何要創作？事實上開始與朱老師通信後，長訪談已開始了，儘管之後還會校對、修飾，無論如何這些往復書簡的部分內容也將成為長訪談的內容。她作為訪談的發球者，自然不能太俗氣：

您毫無疑問是臺灣中生代最重要的女性小說家之一。雖然小說家甘耀明被《聯合文學》雜誌（299期）譽為「六年級第一人」，但您的成就絲毫不亞於甘耀明，例如您開拓了「臺灣女性鄉土小說」這塊領域。學者范銘如曾撰文〈女性為何不寫鄉土？〉但未討論您的作品。我想最主要的原因在於，您的作品都在驗證您對小說的特殊主張，用您獨特的文筆，將城鄉與幻夢，死亡與情慾，鎔鑄一體，回應這荒謬世界對女性的荒謬對待，因而超出鄉土小說的框架。是嗎？

面對安舒的深度提問，朱宜安的回信也越發認真：

我必須認同妳這部分的觀察。是的，就像丹佛大學程凱文教授評論過我的小說是一種「啟蒙小說」，我寫作遵循的即是「啟蒙主義」。他認為我的每一部小說都致力於打開臺灣小說創作的「基因鎖」，告訴其他寫作者原來小說可以這樣寫。主要是我非常重視原創性，無法啟蒙其他寫作者的故事我不會去寫。

PS 莫泊桑有篇〈脂肪球〉，昨晚讀《臺北文青小史》竟也有一篇〈蕃薯球〉談妳的「臺北俗」經驗，真妙。可以的話，下週我們在「塞萬提斯」午餐。我請客。

YiAn

「我看了 menu，臺北分店少了很多道菜。」朱宜安見安舒到了，她一邊翻菜單「妳坐。我去過塞萬提斯在臺南的大橋總店，森美的創辦人森仁泉先生邀請我們夫妻聚餐。那次小說家林秀赫也有來，餐桌上，他拋出一個問題：什麼是臺灣文學的當代？秀赫說，現在是皇民化時期、白色恐怖時期之後，臺灣作家最痛苦的時代。」朱老師從包包拿出一本書，

「我手上是剛出爐的《多元新視界：臺灣青壯作家二十一世紀小說》，主編劉亮雅的序文卻又將當代臺灣說得像是一個美好的時代，這當中肯定有人是錯的，不是嗎？」她抬頭端詳安舒，「別緊張，我不是要考妳。只是我的一些思考，我和郝譽翔都對當前這個文學的〈太平盛世〉感到困惑。」笑著補充說「咱訪談不用寫到秀赫。」安舒離開家鄉太久，不知道大橋什麼時候開了這家餐廳，更沒想到朱老師一開口就提大橋，還好沒有再說下去的意思。安舒鎮定下來，赴會前她就知道朱宜安是位氣場強大的小說家，留著齊肩的黑直髮，又穿著整套黑金配色的衣服，難怪見過她的人都稱她為文壇的「埃及豔后」。

「朱老師好，第一次見。聽說這間店是西班牙御廚退休後，受邀來臺北開的西班牙菜餐廳。」安舒複誦芸朵昨晚說的話。「對了，這是，」並餽贈見面禮「Tree House 的法式餅乾，謝謝您的邀請。」昨晚她和芸朵在天母的咖啡店練習如何與名作家用餐，順帶聊芸朵即將在忠泰舉辦的個展。一如芸朵的推敲，果然用餐時多是朱老師開口，安舒回答。

朱老師說要介紹安舒認識一些作家，「那個誰啊正在趕來，要給妳個驚喜。他都白天睡覺，特別過來看妳的。」不過直到用餐結束，這位男作家還是沒出現，安舒始終不知道他是誰。

這次聚餐主要確定長訪談的大致架構，雜誌社希望是三萬字稿，預估至少二十個問題吧，

「這二十個問題應當是有連動性的,整個採訪稿是一個有機結構,別憑空冒出問題。」朱老師特別叮嚀。因此兩人皆認為必須錄音,之後較好掌握重點。「當面談工作清楚多了,不過我很喜歡讀安舒的信。」朱笑著說。

安舒回來後,不管她在哪,公司、家裡,還有天母,一有空就看朱宜安的小說,另外也拿了幾本訪談技巧的書。她努力想做好提問者的工作,連作夢也在與朱對話。兩個禮拜後,她終於擬好全部的問題,將提問稿寄給小說家。

然而安舒一直未收到回信。兩天、三天,她緊張了,難道問了不該問的問題嗎?她重看幾次提問內容,又寫了一封信告知朱老師:「不用每個問題都回答。」卻還是沒回信。白天在公司,安舒也不時更新信箱,逐漸她意識到,也許某天開始雙方將不再通信。「原本就不可能永遠通信。」兩個禮拜後,YiAn 終於回信了,她表示自己去了里斯本一趟,旅程中非常想念安舒,還寄來喬賽・薩拉馬戈墓前的照片。這是朱宜安最喜歡的小說家,她就住在墓旁的一家旅館,打開窗就能看見薩拉馬戈長眠之地的那棵橄欖樹。她認為只有離這位偉大的小說家近一點,她才有辦法完成這次的長訪談。於是朱宜安就在伊比利半島的旅途中回答完安舒所有的提問,並逐一註明回覆之地,將長訪談定名為〈小說的

虹吸作用：詩人里卡多逝世那一年的萬有引力之虹　朱宜安×安舒　里斯本臺北連線〉。

她更帶了紀念品回來，邀安舒務必再次到塞萬提斯用餐，一方面感謝她，一方面校稿，都需要見面。而這次，安舒的感覺更好了，不再有拜見大人物的敬畏之心，她食慾大開，彼此的感覺更像朋友。或許因為晚餐，加上長訪談完成了，雙方都鬆了口氣，類似展覽結束後慶功宴的歡愉氣氛，卻也不小心擦出火花。她倆並非女同志，但在喝了兩瓶丹魄紅酒後，女小說家先吻了她，隨後兩人在餐廳內擁吻。就像她毫無理由接受自己是臺北人，此刻也毫無理由接受了她。

過去我的作品，探討了性別、性向、性愛等主題的建構，不過書寫至今，我認為，還有一種心靈上的「性靈」的存在。

YiAn

回來的路上，安舒提著包，想起朱老師長訪談中回答的一段話。這晚她離開餐廳後沒有去天母，而是直接回家。她想告訴芸朵今晚發生的事，又覺得不合適，因為就連她自己都還沒弄清楚狀況，又如何向他人述說？況且芸朵說過「那些北漂很容易相信只要認識了誰，誰就能帶自己脫離困境。相較之下，還是我們臺北人淡定一些，從容一些。」宜安

老師無法從家中獲得溫暖嗎？難道她先生外遇，大吵一架後心情不好才臨時出國？安舒手中拿著朱老師特別送她的禮物，從西班牙帶回來的PD PAOLA字母項鍊（A）。「給我的信物嗎？」安舒掀開筆電打算記下今晚發生的事，應該說是這陣子發生的事。她不太相信記憶，因為記憶無憑無據。至於怎麼回應這一切，或許未來再說吧。「宜安吻了安舒。」睡前安舒幾次想起晚餐，臉頰就發燙。「紅酒還沒退嗎？」

之後幾封信，雙方都未提到那晚的吻。不過安舒卻收到一份驚喜的消息，朱宜安要出版新的小說了。

長訪談獲得許多好評，我也發給了這在丹佛的程凱文教授。另一件開心的事，下個月中我要出版新的小說，程老師正在寫推薦序，也想請安舒幫我寫一篇書評。這本書只請安舒和程老師幫忙。先寄上排版稿。（可參考各家對張翎小說的評論／或陳小慰導讀《使女的故事》）

　　　　　　　YiAn

另一封信中，她允諾幫安舒找最好的刊物發表。白天安舒上班，下班後就到天母的

摩斯漢堡寫書評，在那她差不多已有固定的位子了。需要五千字，且小說份量不少，是臺灣第一部以臺籍慰安婦為主角的長篇女性小說，閱讀這類具有歷史縱深的作品，對安舒本身就是挑戰，尤其該書選擇在臺灣最後一名慰安婦過世的今年出版，也讓安舒意識到自己作為評論人的責任：

朱宜安最新長篇小說《帝國招募中》（Empire is Hiring），描述一名喜愛日本文學的臺北文藝少女湯霜子，被日本帝國陸軍以招工的名義欺騙入營淪為慰安婦，好不容易熬到日軍投降，日本政府卻以各種理由卸責，臺灣官員也冷處理，受害者逐漸從畏懼、逃避到勇敢面對，成立戰後臺灣第一個女性自救團體。這是臺灣第一部大量引用慰安婦真實證詞的小說，朱宜安更在小說後記〈慰安的臺灣文學〉中控訴臺灣作家長期漢視慰安婦的悲慘遭遇，這點誠如清華大學謝世宗教授所言：臺灣作家作品中慰安婦往往付之闕如或語焉不詳。

為了寫好書評，安舒趁週末回母校臺師大的圖書館，除了了解慰安婦的歷史，也尋找其他關於朱宜安的書評。她才知道原來十多年前《聯合文學》雜誌有位年輕的男作家陳

書禹採訪過朱宜安。安舒知道他，高中就讀過他關於建國中學的青春散文。但朱老師信中從未提到他，聚餐時也未提及。他們還有聯繫嗎？當年的青澀作家，已不常發表作品，且也離開臺北到偏鄉任教。最後安舒的書評〈被臺灣文學遺忘的臺籍慰安婦──讀朱宜安《帝國招募中》〉，刊登在國際女性議題與時尚雜誌《奧蘭朵》（Orlando）。然而書評刊出之後，兩人之間好像就少了些話題。安舒等信的時間越來越長，且即便對方回信也從未提起那一晚。

「發呆啊？我的畫掛歪囉。」

「對不起。」安舒回神「妳在忠泰辦個展，我卻一直分心在別的事上。」

「怎麼了嗎？煩什麼？」

「有位客戶，最近不太回信。」抱歉芸朵，還不能告訴妳。

這天朱宜安回信了，帶來重磅消息：《帝國招募中》獲得歐盟國際媒體人的女性文學大獎，獎項設立的初衷是希望透過文學反映全球各地女性的處境，在臺的頒獎地點特別選在臺北市大同區的「臺灣慰安婦紀念館」，她非常期盼頒獎那天安舒能到場共襄盛舉。

消息尚未在網路公開，安舒知道自己是最早被告知的人之一，十分為她開心。只是，由於頒獎會場離安舒家非常近，走路就到，因此即便週六安舒不用上班，她一早仍選擇搭車到公司來看芸朵的展覽「臨在」（Being Present），下午兩點再搭公車回頒獎會場。雖然就連外國評委也特別出席致詞，讚揚朱宜安的寫作成就，但現場的人數不多，安舒也慶幸自己能夠來為宜安老師助陣。朱宜安的得獎演說幾次提到安舒書評的論點，並特別點名感謝安舒，更讓臺下的她不知所措。

作為一名臺灣女性，無論有再多二二八文學、白色恐怖文學，只要臺灣小說家對於臺灣歷史上最嚴重的「國家性暴力」犯罪事件「慰安婦」默不吭聲，臺灣文學就是一種向日本殖民者卑躬屈膝的「慰安文學」。

看著臺上從容高貴的小說家，安舒掛心的人可說正式進軍國際文壇了，雖然感覺自己的渺小，卻又保有一種欣慰。相較於小說的時間點結束在解嚴之前，宜安老師的演講更加當代、更加政治，直接抨擊前行政院長林全提出的「慰安婦自願論」，以及《促進轉型正義條例》對臺籍慰安婦的殘忍漠視。安舒想起兩人初次見面提到的「秀赫賞」，這是臺

灣小說界的最高榮譽，兩年一屆，只頒給華文創作的「政治小說」，寧可從缺也不浮濫，是臺灣少數受國際認可的文學獎項。宜安老師是想拿這個獎嗎？近期小說家楊双子獲得美國國家圖書獎、詩人零雨獲得紐曼華語文學獎，連續兩位臺灣女性作家獲得國際大獎，難免讓宜安老師感到焦慮吧。這時候，安舒注意到坐在左前方的一名女子，背影好像自己，明明對方理了短髮。女子似乎也感覺有人看她，回過頭來瞧見安舒，於是指著演講者說「妳在找她先生嗎？她先生從沒來過喔。是宜安老師的新朋友嗎？」經對方自我介紹，安舒才知道她就是路九霄，一位號稱什麼都寫的女作家。「我接的案子可多了。」安舒沒看過她的書，但她書的封面都是自己的畫作，這倒令安舒留下印象。之前草擬長訪談的提問，安舒就從網路上讀了兩篇路九霄寫宜安老師的書評，還有一篇僅兩頁的短訪。不過安舒怕被人注意，未繼續聊話。典禮結束後，安舒起身要離開，但宜安老師很快走過來拉住她的手，熱情邀請安舒待會一同用餐。

晚宴位於安舒家樓下一間臺北知名的臺菜餐廳。包廂內十四人的大圓桌，由朱宜安做東，她逐位介紹在場賓客。安舒記得都是剛才頒獎會場的人，包括國外評委、國內推薦人、資深出版人、副刊主編、大學教授，以及路九霄。年紀最小的是一名麥姓男碩士生，

他即將口考的碩士論文即是研究宜安老師。「論文謝辭已經寫好了，真的非常感謝宜安老師。讀老師的小說呀，讓我學到很多，更感謝老師提供了許多第一手資料！對了，我最喜歡的宜安老師作品是《難忘書》《聽聲音》《信與其他信》，不對不對，只要是宜安老師的小說，小麥都喜歡！」言談惹得眾人大笑，「他叫自己小麥欸。」該名男學生似乎也有出版小說的打算。「小麥已經申請上耶魯的文學研究所，好好做研究，我們都是你的後盾。」宜安老師說完也順帶介紹了路九宵，但之後兩人再無互動，其餘人士也未搭理路畢竟她確實是風格較獨特的作家。「安舒呢？我們都對妳很好奇。」所有人都知道安舒今年幫宜安老師完成一篇長訪談及一篇書評。東道主微笑說「今年非常感謝安舒。」在座各位也跟著舉起酒杯。除了祝賀與感謝外，如同桌上菜餚，眾人的話題也越趨瑣碎。口耳之間，安舒偶然得知宜安老師送她的書，似乎是其他作家送給宜安老師的，這讓她聯繫到宴席最初宜安老師對她的介紹「我們的名字中都有個安字。」直到餐會結束，安舒仍想著這句話。安是她的姓氏，不是名字。她們的安是不同的安。口誤嗎？還是朱老師對她並不那麼上心？

宴席從來不像電影院散場那般乾脆，朱宜安與賓客一一擁抱，她也抱了安舒。好不

容易話別，安舒累了，想上樓回家休息，但沒辦法。她抬頭看向她房間那扇窗，想起好幾次修都到她臺北橋的住處樓下等她。她再次搭公車前往天母，或許也不一定要去天母。這段路程，她感到沮喪，陳書禹、路九宵，以及她，還有更年輕的碩士生眾多關心的後輩之一嗎？那位碩士生，是朱宜安發掘來取代她的嗎？就算不是，未來還有更多文壇新人可以取代她。公車在臺北打轉，她腦中滿是宴會上的對話。然後公車來到林森北路，經過她和修一起走過的林森公園。她急忙在關門前下車，走在人行道正中間，修習慣這麼走。今年金馬影展推出「奇士勞斯基導演全集」共上映43部作品，是臺灣有史以來規模最大的奇士勞斯基專題影展。修正在電影院嗎？她上網查，套票已經搶光了。有次兩人在她的床上看完《白色情迷》，修看著她，說她像片中的茱莉‧蝶兒。「是個性像？還是樣子像？」她笑著問，修想了想「像她只喜歡甜甜的愛情電影。」這些關於電影的回憶讓她怔住了，一個人站在臺北的人行道上無法再往前。

突然她耳邊有人問「胡采萍怎麼沒來？」誰？「臺大畢業那位啊，我們學校新聘的助理教授。」她也幫過朱宜安？為她做了什麼？「她呀，她在臺中開研討會無法到場。」也是她的入幕之賓嗎？安舒連忙拿出手機，查出胡采萍確實在五年前還是博士生的時候曾

採訪過朱宜安，但線上看不到全文。原本她想馬上查證，但沒有，她累了今天，想先回家洗衣服。隔天一早，臺北市立圖書館總館還未開館，安舒就穿著高跟鞋站在門口和莘莘學子們一起排隊等待。開門，她趕緊上三樓期刊室。果然胡采萍同樣與朱宜安交好，而且更好，過期雜誌上小說家朱宜安邀請文壇新秀胡采萍到她位於天母的別墅見面，胡抱著朱宜安的藍貓，人與貓都露出開心的笑容。「她明明知道我就住天母。」那是安舒從未有過的邀請，那座曾在她信中提到過不止一次的陽光房，照片看起來多麼和煦美麗。她懷疑整個過程是圈套是謊言是騙局。相較於昨天的迷惘，今天她更多的是憤怒。「為什麼總要找人來製造書評！」「自己的作品自己最懂，想怎麼捧就自己寫啊！」「騙完一個又來騙下一個，」「我懂了，原來寫作就是請客吃飯。」她把一架臺灣文學的書籍，全部翻出來扔在地上，「都是他媽的噁爛東西！」這場騷動也驚動館內的讀者，但安舒才不理他們，因為他們無知，只會傻傻看書，不知道那些文學大師是怎麼算計你的，誰管這些閱讀者啊，賣幾本書根本不重要！重要的是建立團隊，誰評論，誰研究，誰刊登，誰翻譯，誰給獎，分工縝密，用盡各種心思權謀，一步步墊高自己的文學地位！她一腳踩在陳芳明《臺灣新文學史》上，不停用鞋跟戳踏，直到書皮整個裂開。冷靜後，她打開手機搜尋路九宵的臉書，兩人並非臉友，但她仍傳訊息給路。當天晚上，路說看到訊息了，問安舒要不

「出門走走?」

「都來了,逛一下吧。」路拿出煙盒敲敲手。

今晚路九霄是非常浮誇的中性打扮,拎著外套,臉上的妝容如同油畫,與昨天素淨帶雀斑的臉龐截然不同。她們沿著中山站外狹長的公園遊走,很長一段時間都沒說話,單純看人來人往,以及一間又一間在夜裡發光的店鋪。

「沒想到赤峰街這麼多書店,天母的書店都關了。」

「大學我剛來臺北,赤峰街只是個老舊社區,叫打鐵街,沒想到搖身一變成了文青聚集地。」路九霄呵口煙,「臺北永遠繁華,大家只是在臺北找下一個新地點,但無論是找到哪,新的舊的,繞來繞去都在臺北。」

「一座成人的遊樂園。」安舒不懂為什麼寫作一定要在臺北?現在就連鄉土作家、中南部的在地作家、自然書寫作家、離島作家,也都住在臺北。不在臺北就不是作家了嗎?就失去競爭力了嗎?多少作家不是臺北人,卻在各種場合想盡辦法和臺北攀關係。

「都得了臺北病。」

「臺北病嗎?」路九霄聽出了點意思,「在臺北各種競爭,情緒的、理想的、消費的,

「美麗的夢想是最致命的毒藥。」安舒想。

「她吻妳嗎?」

「妳訊息寫的啊。」

「妳怎麼知道?」

「嗯。」安舒說,「那她吻過妳嗎?」

「沒有。可能我抽煙,嫌我髒吧。」她露出一口黃牙,「我和她沒那層關係,比起我,她應該更喜歡妳。」

安舒不由得在心中排名,胡采萍應該是朱宜安的最愛,其次或許是她,接著是那位還在寫論文的新人?恐怕還有她不知道的人在排隊吧。

「喂,把我排最後。我肯定是她最不喜歡的。」路好像知道安舒想什麼。

「那妳為什麼還來她的場子?」

「我離不開她啊。」路吸口煙,又吐,「我需要她給我一些機會,寫稿啊賺生活費。

都在引誘妳外求,於是妳每天出門向外追逐,在每個場合妳不自覺的和他人比較,幾年下來妳會覺得好累,內在空掉了,開始懷疑自己的能力,等妳被消耗殆盡直到沒了用處,他們又會換上一批北漂新人,為早妳一步在臺北站穩腳跟的北漂服務。就是這樣一個過程。」

而且以後在文壇也不知道會發生什麼事,總得有靠山才行。」

「嗯。那她先生影響力更大。」

「開心點吧,我發現任何書名只要加〈之〉字,就很好笑。」

「比如說?」

「白先勇《臺北人》啊。」

「臺北之人?」

「對啊。妳不覺得很好笑嗎?還有《寂寞之十七歲》,王文興《家之變》,妳再帶入朱宜安那些小說的書名,想想,是不是更好笑?」兩人玩起小說接龍。

「嗯,真的好笑。有種B級片的感覺。」她倆都笑到輕抹眼角。

「安小姐,可以答應我一件事嗎?」

「什麼事?」

「哪天我死在臺北,妳這個臺北人能幫我收屍嗎?」

「少抽點菸吧。」

和路九宵分別後,她不知道要去天母,還是直接回家。逗留在誠品南西店,她越來

越不明白去天母的意義。成為書店店員是她寫作之前的夢想，沒想到後來成了寫作者，成了書店裡的一本書。出社會後她常提醒自己「別浪費成功人士的時間」，現在她反而覺得「別讓成功人士來浪費自己的時間」這對每個人來說更重要才對。我們每天的生命、生活都在為比我們更成功的人服務。安舒覺得朱宜安在下一盤很大的棋，華文的、國際的，不停獲獎，她還在往上爬，她肯定仍不滿意目前的寫作成就，但何時才是盡頭？也許現在朱宜安正在寫信聯絡世界上某位知名的譯者，為了走上國際，她得開始找人翻譯她的小說了，畢竟就連外國人也開始討論她。曼布克？龔古德？費米娜？諾貝爾？有可能嗎？欺騙外國評審似乎不困難，只是和騙我的方法不一樣罷了。安舒不想再做這種事，以後也不要有人為自己做這種事。為她安舒？憑她有這能力？像她這種不具學術潛力的後輩，對現階段的朱宜安來說自然也沒什麼用處了。現在她看每件事都像有什麼在背後運作，是她在藝大的老師嗎？她的老師和朱宜安之間是什麼關係？之前在學校就曾聽說他們之間過從甚密，是怎樣過從甚密？她不知道，不可能知道，那不會是她這種只出過一本書的人會知道的事，文學的世界太大了。

「一個人會被欺騙,都是因為不甘於平凡。」

芸朵說,準確來說是芸朵畫作底下的創作理念。前幾天她獨自觀賞芸朵的畫展看見這句話,就令她心有戚戚。原本安舒打算等芸朵展覽結束後,邀芸朵出來,好好告訴她這陣子她與知名女作家交手的鳥事,嘲笑這些套路,然後在姊妹淘面前宣布「老娘從今天起退出文壇!」在芸朵面前,她很敢講,同樣的,芸朵對她也很敢講。

「我和修在一起了。」芸朵在忠泰美術館二樓落地窗前開口。

安舒一時之間還在想「修」是誰?等她意會過來後「為什麼現在才說?」

「展覽前,從交往的第一天起,我就想趕快告訴妳這件事,但看妳專注在別的事上,就覺得等妳忙完再說吧。」

「所以是我的錯?」

「我不是這意思,我一直想找機會和妳說的。」

回憶最初,安舒記得一開始在日星鑄字行,修和芸朵兩人明明離得很遠,而修就站在自己身邊,可是最後卻是他們走到了一塊,反而離他們越來越遠的人是我。

「妳走。我不想看到妳。」安舒指著窗外。

「這裡是公司,不是妳天母的家,看合約的。我的展還沒結束。如果妳希望,展覽

結束後我不會再來。」

當天晚上，安舒把自己鎖在房內，狹小的空間中滿是單寧的苦澀香氣。「這味道可是紅酒的靈魂呀。」她想知道自己有誰真的愛她。「還是？愛只存在於電影。」醉夢之間，她執著於弄清楚那個吻。她把朱宜安吻她的事情一五一十寫到她僅有784位粉絲的臉書專頁上，是當初為出版《臺北文青小史》創立的，本想好好經營自己的作家生涯。隔天下午安舒醒來，粉絲已來到一萬人，她想刪文也來不及了，文章被大量轉發到各個社群。「知名女小說家與新銳女作家餐廳擁吻」、「女小說家給科技業大佬的老公戴綠帽」安舒更不知道媒體刊出她和朱宜安在餐廳擁吻的照片是打哪來的。以朱宜安在文壇的地位，這件事的震撼堪比當年文青女神陳綺貞與有婦之夫在東區街頭激吻的畫面。然而，安舒等到的並不是 #MeToo 的正義聲援，而是無情的「文學性」死亡。相較於吃瓜群眾對朱宜安的嘲諷，文壇的作家們幾乎都挺朱宜安，他們平時也無從認識她，這種投誠的機會相對難得，事實上經此風波反而讓朱宜安收穫了更多文壇朋友。而朱宜安也未第一時間寫信給安舒，或以其他方式聯絡安舒。她只是發新聞稿給記者，表示當一來雙方交換了很多文學上激昂的想法，二來也喝了不少酒，她記得是安舒先吻了她，畢竟

臺北文青小史　130

那時自己也醉了，且除了吻以外，事後她沒有再做出任何對不起先生的事。「至於項鍊，我只是想表達對她的感謝，那款項鍊我也送給其他好友，他們都可以作證。」朱宜安更將自己與安舒的所有信件公開，證明自己並未出軌。她用不著更有名的先生出面，就差不多擺平了這事。

朱宜安的坦承使得風向逆轉，反觀安舒在信中對朱宜安的奉承，甚至有些奉承是建立在貶低其他作家上，這都提高了寫作者與群眾對她的反感。開始有網紅拍片分析這件事，認為年輕作家為前輩撰寫書評、採訪根本沒什麼，其他領域的生態也是如此，這其實也給了後輩曝光機會，就是一項工作，錢沒少拿就好，何況朱宜安在每個環節都未虧待安舒，也因此認為安舒刻意炒作的人越來越多。緊接著，原本安舒預計明年出版的第二本書，被出版社退稿了。貓空文學的會議室，邱總編輯語重心長告訴她，「現在的情況，我想他們已經不太想出第二本書，是因為朱老師的關係才願意排進檔期。」安舒知道邱總編輯沒騙她，也不適合出版了。換成其他出版社，也會做出同樣的決定。連書名都還未定案，桌上新書文案的推薦人，第一位就是朱宜安。

她一直都對我很好？是自己過份了嗎？那一刻她真的想向她道歉。現在還有什麼方法可以

「邱總編，我希望能出版第二本書，但如果你們不願意，就取消合約吧，我再找其他出版管道就是了。」

「我是擔心妳。前幾年，寶瓶文化朱亞君社長就是擔心出書之後的種種事情林奕含無法承受，才退她稿，後來林奕含發生的事妳也知道，證明朱社長的顧慮一點也沒錯。朱社長說【出版是承擔，每一個環節都要考慮。那是一條命。】同樣的，我們也不想讓妳冒這種險啊。」邱總編說完和安舒都看了一旁的杜杜，杜杜也點頭稱是。

「我不是林奕含，多餘的話就別說了。《臺北文青小史》你們就趁這波熱度二刷三刷吧，我也期待在新書區重新看見這本書。」

安舒知道寫作是不可能了。她一直渴望通過文學來表達自己，可是現在文學卻成為自己的致命傷。投稿前彼此在社會上平起平坐，為什麼非要進到這圈子來給這些人糟蹋？昨天中誠秋季拍賣會上，張曉剛的畫作《失憶與記憶》預估價八百萬臺幣，最後僅九百萬成交。她知道這幾年藝術市場低迷，此時此刻她只想盡快回公司，回到自己的工作崗位。她思索公司還有什麼事情需要處理？什麼寫作的夢想，別來傷害她就好。

然而，事情卻還沒完。修的母親馬欣芬突然在臉書上發布一篇 **#頭髮蓋住了，眼睛睜再大又有什麼用** 的長文，爆料安舒冒充臺北人，一路上在文壇撈得多少好處，「十八歲才來臺北讀大學，然後說自己成長於臺北？」更把安舒這種「假臺北人」與她先前罵過的「文學獎棍」以及「補助蟑螂」相提並論。安舒剛被出版社退稿，現在看到這消息，萬念俱灰的她，終於撥了電話給修。

「有。」

「那你媽怎麼會知道？」

「不是我。」

「是你說出去的嗎？」

「我不知道她怎麼知道的。但以前我就提醒過妳，有一天會被發現。而且是不是臺北人有那麼重要嗎？」

安舒掛了電話。這晚她就以 **#散文家沒寫的不倫史** 為題將馬欣芬年輕時與詩壇大老雙不倫的情事寫在粉專上，當年出軌翻車後，馬欣芬回到丈夫身邊繼續相夫教子，詩人則

沒那麼幸運，被拔官不說，久病的妻子經此打擊悲傷過世，詩人也因自責封筆至死，堪稱臺灣文學一大損失。「你媽偷人的事可是你告訴我的。」安舒電話中告訴修說的，馬欣芬再恨也無法對安舒提出告訴。這些祕辛過去讀者都不知情，文章也不斷被轉發。一位是謊稱臺北人的年輕美女作家，一位則是靠外遇上位的資深俠女作家，兩位的人設皆已崩壞。相較於馬欣芬的立即關站，安舒根本不去看文章底下罵她咒她的留言，她完全不管，繼續發文 #北漂文學館成立中？批評修的母親馬欣芬已拿過嘉義文學館的榮譽作家，卻又在那帶頭喊燒成立臺北文學館。「不回去振興嘉義文學嗎？」又順帶批評幾位推動臺北文學館的作家，誰拿過其他縣市的文學貢獻獎？誰拍過其他縣市的作家身影？誰又在其他縣市辦過在地作家文學展？現在又全部變成臺北作家了？「臺北文學館當然要成立，但也別讓其他文學館寂寞了。」最後不忘問一句「還有誰要入祀臺北文學忠烈祠？」然後，輪到朱宜安了。朱宜安除了寫小說，也翻譯一些歐美女性小說家的作品，專門鎖定最可能得諾貝爾文學獎的那幾位，是不是她親自翻譯的？不知道，反正版權拿到了，翻譯就是她的了，她和歐美文壇最頂尖的那些人就好像聯繫在一起了，這就是她要的效果。

「妳看多好笑，當所有人都不知道妳在想什麼嗎？想必妳現在正忙著和歐美哪位大師熱切通信吧。」寫到這，她想不到標題，文章一直沒有發出去。她原本恨朱宜安，但想到馬欣

芬揭穿她不是臺北人，自己其實也是個騙子，她一直是以年輕臺北女作家的身分與朱宜安通信、見面，並獲得她的信任，雖然朱宜安也是在利用她，但至少朱不欠她。她最痛恨馬欣芬這瘋狗，為什麼她是修的母親，為什麼要一直緊咬她不放。

群眾對於安舒，其心理也從旁觀者的優越感，轉為不安與恐懼。尤其是那些作家，不敢觸碰她爆料的話題，更不知道她接著會做什麼事，留言和熱度驟降，是時候處理她了。安舒被文壇徹底封殺。可以預見，往後再也不會有刊物登她的文章，也沒有出版社印她的小說，那些大型通路也不會上架她的書，她與任何文學團體都不相干，甚至也沒有讀者會認為她是「作家」。文壇許多人都把她當成去翻名人垃圾寫八卦文章的狗仔一樣噁心無恥。這天她的臉書出現一則網友留言「不是國外沒有流浪貓狗，是一個冬天，就足以把他們全部凍死。」一開始她覺得莫名其妙，直到那晚寒流她下班走回家門口前，正要從包裡拿鑰匙突然明白是臺灣太熱了，文壇太多她這種阿狗阿貓，哪像國外，一個冬天就能將文學經典化。現在就是她這種三流作家的冬天，市場機制、文藝政策、圈內霸凌，都急著把她凍死。

那麼文壇之外的人呢？雖然曾傳聞安舒會被以破壞公司名譽、造成公司損失為由「懲

戒性解僱」,不過公司始終沒有任何動作。安舒也感覺到同事比以往更關心她,辦公室一起寫了張暖心的卡片為她加油打氣,前晚還關燈幫她慶生。「因為我不是臺北人了嗎?」我懂了,「我們都是北漂。」是這樣的鏈結吧。倒是安舒的粉絲專頁遭人投訴,被臉書以未遵守「社群守則」為由關閉。關閉之後,路九霄傳了手機簡訊給安舒:「Bye Bye 看來妳比我先在臺北陣亡了。」

最初是杜杜發現安舒出版合約的戶籍地址在臺南大橋。雖然戶籍地址在哪不等於是哪裡人,很多原因都可能遷戶籍。原本杜編輯也沒想太多,但有次在印刷廠,他向邱總編輯聊起這件事,邱總編輯沉思後說:「也不是不可能。過去也有不少作家假冒臺北人,到最後才知道是外地來的。」馬欣芬有幾本書在貓空文學,安舒也知道,馬欣芬最信賴的編輯就是杜杜。杜杜也獲得馬老師推薦,即將到新的出版社擔任總編輯。「臺灣不是也有作家自稱和村上春樹同一天生日嗎?」邱總編問「叫什麼名字去了?杜杜,杜杜呢?」

母親偶爾打電話來問安舒在臺北過得如何?一直是母親主動維持安舒與家人的聯繫。

今晚也一如往常在電話中問她:「什麼時候回臺南?」

「這次回來幾天?」

「都可以。」

「不回臺北了,我打算搬回臺南。」

「怎麼,這麼突然……那妳在臺北的工作怎麼辦?」

「辭掉就好,臺北有的是人力資源。爸什麼時候可以來載我?東西不多,大部分都可以丟。」安舒看著空蕩蕩的房間說。

自從安舒出事後,芸朵一直打給安舒,但都沒接,訊息也未讀。原以為被安舒封鎖了,這天安舒終於接了電話。

「馬欣芬對妳好嗎?」

「見過幾次,還可以。」芸朵解釋說「那是因為她覺得修也該結婚了,所以才沒刁難我。」

「那就好。別讓她欺負。」

然後她們像過去那樣聊了許多女孩心事,安舒告訴她想回臺南了。

芸朵見安舒敞開心,急忙說「是北漂又怎樣?我們在臺北認識,在臺北成為朋友,

別管他們胡說八道。我想到了，妳把戶籍遷來我家。」芸朵哭著說「這樣妳就是臺北人了，多簡單的事。叫那些賤人閉嘴。」

但安舒拒絕，她只說：「這座城市，沒有人知道我的痛苦。」

兩旁大山挾著一條高速公路前進，安舒覺得古早人要進臺北城也太困難了。她在這座深陷盆地的孤城奉獻了她的青春之歌，當一隻歌唱的黃鸝鳥，關在兩坪大的小房間內歌唱自己的文字，是時候飛出去了。從後座看父親，安舒感覺父親的身形縮小了，頭髮也染得過油不像真的。爸媽知道她為何離開臺北嗎？他們不知道女兒是作家，出版過一本小說，不知道她在臺北的故事。她大學來到臺北，之後待了幾年？十年？十一年了。即便很少回家，她也不記得是為了什麼事回臺南。她的心一直都在臺北，雖稱不上永永遠遠，卻也時時刻刻。前幾天她把臺北的東西全丟了，照片全刪，成空，終其一生無法再復活。她看向車窗外，山一直往後退，車子以每小時百公里的速度駛離臺北，前往她陌生的故鄉。有人傳訊息給她，她不等看清楚誰發信就隨手把訊息刪了，消失的瞬間浮現：「安舒，我等妳回來。」

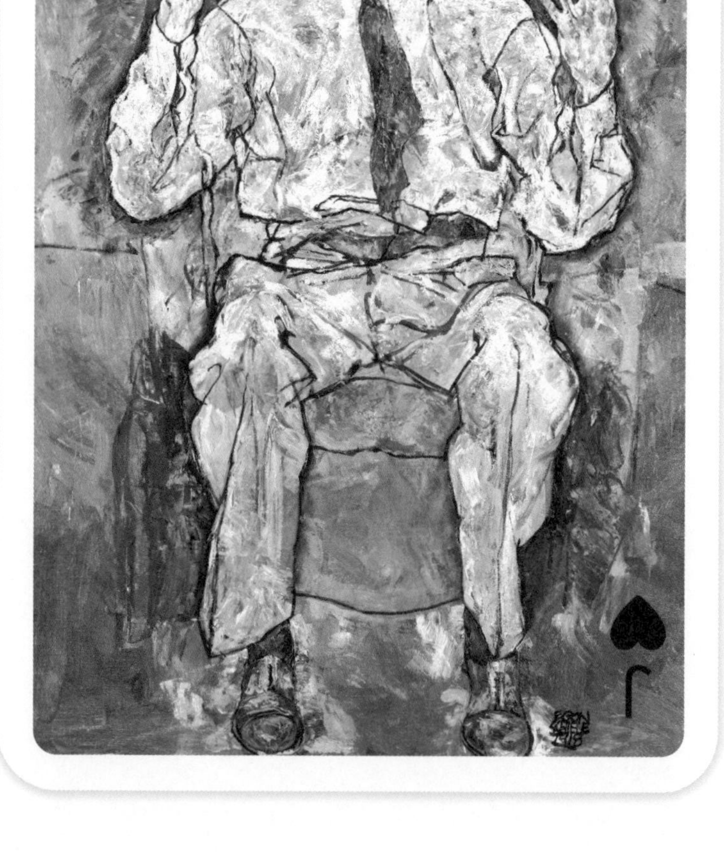
J
EGON SCHIELE 1918

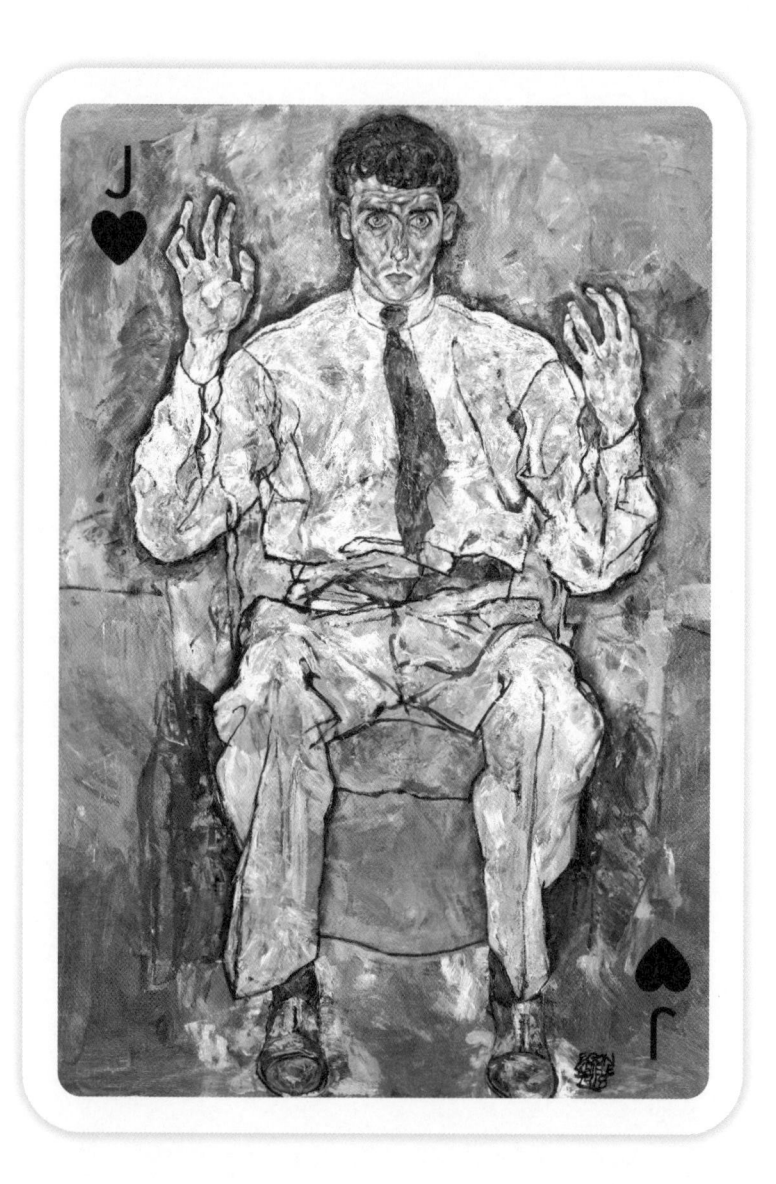

文藝青年

還有些作家是以教書為業。這大概是最常見的解決辦法,因為幾乎每一家知名大學或野雞學院都有開設「創意寫作」課程,讓許多小說家和詩人可以競相爭奪一個落腳點。誰又能怪他們?他們薪水也許不豐厚,工作卻穩定,又有許多空閒。

——保羅・奧斯特《失意錄》

創辦文學所的六種方法

國立臺北城市藝術大學「文學研究所」籌備處

召集人　師資培育中心主任

溫日初　教授

Contents

第五種：文學所的血統（文學作為藝術的核心）
第四種：文學所的籍貫（文學所招生方式）
第三種：文學所的哲學（文學所經營方式）
第二種：文學所的版圖（臺灣其他文學所現況）
第一種：創了再說

「溫主任不愧是詩人，模擬羅青名作〈吃西瓜的六種方法〉，採用倒敘方式，五、四、三、二、一，點出本校成立文學所的理由。這份報告本身就富含文學性，像一首零度寫作的後現代詩。尤其你說，文學所是關於文學的各種想像又或者不是，詮釋得相當好。各位院長有沒有其他建議？」

「溫主任，你說有六種方法，但簡報上只列了五種？」

「我代溫主任回答吧。高院長，你由下往上讀，第一種、第二種、第三種，再讀到標題，這不就六種了嗎？吃西瓜就是吃過去再吃回來，動作才完整。詩人讓文字立體的方式，與藝術家具像的表達方式不同啊。」

高浪駒院長立即將手中的紙本倒過來看，「哇靠……這麼巧妙！校長不愧是享譽國際的生成藝術大師，能看到文字中的魔法，懂得用文字創造藝術。小弟謹代表科技藝術學院，由衷期盼文學所能夠成立。」

「校長也是詩人。」溫主任趕快補上這句。

「因為界定本身已然落入一種思維的俗套。」校長又接著說，「自動化時代，文學思維對藝術大學來說不可或缺，能提供新的思考迴路。不過溫主任，吃西瓜的第四種方法：關於文學所的招生方式，我有不同意見。」

「校長請說。」

「我們不要甄試入學,改為筆試入學,不要面試。」

「可是友校的文學跨域創作研究所就是採用甄試入學,特別標榜不用考試,只需要提創作計畫和面試。」

「他們的創作計畫要寫什麼?」校長說完,一旁劉助教協助溫主任搜尋。

「各位長官,如螢幕所示,需要五百字計畫摘要;三千字計畫內容,包含創作動機、創作方法、預期成果;還有自傳,包含寫作經歷與報考動機;大學歷年成績單;作品集包含已出版或已發表之作品,虛構、非虛構寫作皆可。」

「嗯嗯。所以他們收的學生,在大學或高中階段,就已經拿了許多文學獎,甚至也出版過書了。」校長頻頻點頭。

「如此可以保障學生的品質與系所發展潛力。」溫主任感謝校長肯定。

「但這樣沒拿過文學獎的學生,就沒機會讀文學所了。而且都已經是作家,進來之後,又如何證明他們的成就與本校老師的教學有關?網頁公告學生得獎的榜單,不會覺得沾光嗎?」校長一說完,在場的委員們紛紛交頭接耳。

「關於教學品保⋯⋯」溫主任臉紅不知道怎麼回答。

「你先別緊張呀！招生方式是由各系所決定，你們再研議。」校長要求簡報回到吃西瓜的六種方法首頁，「我的想法很單純，我校的文學所不是為想寫作的人開的，包括本校大學部的學生，能在本校新藝術的環境下成為新時代的作家。所以拿過多少文學獎，不能作為我們選擇學生的標準。另一方面也是尊重友校，我們從招生就做好分流，不與友校搶學生。」

「校長，你要把這個搬出來講，我沒意見。可是，像我們美術學院招生，歷來都會看學生的學習歷程，拿過多少獎？有沒有國際大獎？評量尺規上都有固定配分，難道這樣做不對嗎？」美術學院尹龔鏐院長提出異見。

「尹院長說得對！沒學過水彩、油畫的人，能進全國美展嗎？沒學過樂器，連上臺演奏都不可能。但！文學創作的門檻和其他藝術不同，任何人都可能寫出優秀的作品。只看得獎資歷，會錯過那些起步較慢的好學生。所以我們要找到他們，並幫助他們找到自己。他們在等我們啊。」校長提起嗓門正想……

「校長謙虛了，開會前你不就將自己創作的一首詩，透過音樂生成AI轉化成歌曲，再結合影像生成AI製作了一支MV與我們分享？現在會議室不也掛著您捐贈的AI畫作？」

「總之聽完校長的解釋，尹院長也同意了：「反正，不影響其他系所的招生方式便好，我也

校長示意溫主任,「尹院長的建議很好,可以不面試,但書審不能廢。我想,文學所招生,書審、筆試,各占50%。書審繳交一份寫作計畫;計畫和考試,都採匿名審查,我們把文學所的招生,當作一場國際級的文學獎來辦。」同時提醒各院,全校招生都需要英文簡章。

「可是校長,國際的文學大獎都有公開姓名。學院派詩人唐捐也說:凡是高階的獎,被評審者都是非匿名的,公開的。」

「書的封面就有印作者名字,和高不高階沒關係吧?」校長見溫主任仍然抗拒匿名,「那你覺得諾貝爾文學獎、布克獎,比較像入學考試,還是傑出研究獎?SCI/SSCI 有匿名的論文嗎?」現場幾位院長笑了出來。

「當然是,傑出研究獎⋯⋯」溫日初表情頓時 Q 版起來。

「我看你平時能言善道的,今天老是結巴。」時尚學院郭院長逗他說。

「所以嘛,功用不同嘛。入學考試匿名,才可以找出尚未被發掘的文學新秀,這些璞玉,對我們這種新學校,才有發展的意義,不然評委的眼光永遠落在那些得過文學獎的學生身上。以我自己為例,我國中的恩師江昭容老師,在一次作文的眉批中說我⋯⋯「你

支持文學所成立。」

對文字的靈敏度很高〕,從此〔文字〕成為鏘鏘生命中最重要的元素,並且一輩子不停寫詩。自此,我成為了寫作的自媒體。」林校長終於逮到了最佳機會,義無反顧高歌一首柯智棠的〈找到我〉:

你會在最完美的生命裡無意義的找到我
你會在最不需要經過的麥田裡面找到我
找到我或錯過我　找到我然後拉住我
找到我　錯過我　找到我　拉住我

「關於文學所筆試的內容,校長覺得可以考什麼?」電影學院張志戩院長試著拉回正題,改變一下氣氛。

「剛好張院長提問,就我所知,電影系要看完百大電影才能畢業;溫主任,你們也可以開出世界百大文學經典,讓應考的學生準備。對了,作者要挑過世的,這樣在世作家就沒話說了。」

「校長臨場反應就是這麼好。」張院長眨眨眼笑了。

「完全贊同！」時尚學院院長郭采潔迫不及待要表決了。

「謝謝各位院長，」林校長起身說話，「雖然本校是最年輕的國立藝術大學，但我們在多個新媒體藝術領域，包括AI生成藝術、數位藝術、高科技藝術、永續藝術、時尚藝術，都領先全國，再次感謝各位同仁的付出。以我熟悉的生成藝術領域為例，給予電腦正確的文字指令（prompt）是多麼重要的一件事啊！所有藝術都源自是我們腦中的語言思維，只是最終選擇表現的媒材不同罷了。在這個AI時代，一切都會趨進於思維，包括藝術，因此本校實有創立文學所的必要。很高興各院主管都有這共識，本席宣布提案通過！」

（🤩 覺得喜氣洋洋）

第五種　西瓜具有星星的血統

校務會議後不久，師培中心溫日初主任就被拔擢為新設立的「思維藝術學院」院長，轄下管理：藝術寫作學位學程、文化行政學位學程、師資培育中心、當代藝術史料保存中心、大直寫作中心、藝術哲學研究所，以及新成立的文學研究所。作為校內最年輕的院長，加上各單位皆從其他院整併過來，也讓他在各種會議上倍感壓力。他知道校長要他擔任院

長兼文學所長，也是希望他能運用更多資源來創辦和經營文學所。只是過程中，他必須接受許多來自校長在觀念上的衝擊：

「為什麼不像其他藝術大學成立人文學院或文博學院？那是因為，既然要在藝術大學成立文學科系，就必須將文學視為一種藝術。」

「如果名稱使用藝術界常用的⋯⋯觀念、概念。」

「就是 Thinking Art，思維藝術學院。」校長認為沒得商量，「觀念、概念，中文就是初步、入門、大概，沒有進入深層的思考。我熟悉程式語言，有一個領域就叫深度學習（deep learning），思維才能表現文學的本質、文學的深度，文學正是一種思維上的藝術啊。」他見溫日初還在猶豫，「當初北藝大陳愷璜校長要整併校內人文相關系所成立（批判人文學院），可惜他們院內的老師無法給陳校長更好的建議就算了，還視為笑柄，強力反對。但我相信溫老師能懂，因為我們是詩人。」

就是這一層關係，讓他和林校長結下了不解之緣。

溫日初想起去年校長遴選的經過，林校長是臺北城市藝術大學創校以來第一位空降校長。那時候校園的氣氛，麥田群鴉，然而不是派系分裂那種蠢戲碼，這與本校老師的特質有關：他們只想純粹創作和教學，對行政工作避而遠之，加上這幾年，藝術大學校長不

是被告就是人設崩壞,誰也不想出頭當箭靶,導致只有一名候選人,遲遲無法進行選舉。

出缺一年後,歷經八次公告,終於在第九次,科技藝術學院的高院長不知道哪來的靈感,邀請臺南大學數位學習科技學系的林豪鏘教授湊咖,以達到法規要求的兩位以上候選人,沒想到舉行治校理念發表會後,林豪鏘教授竟獲得大多數遴選委員圈選,意外出任本校第三任校長。

林校長與2016年臺南藝術大學詹景裕校長出線的過程類似,但相較於詹校長之後爆發重用親信的爭議,林校長則是隻身到任,未帶任何親信以及編制外人員進入城市藝大,強調「校內人才治校」,加上林校長從不批評前任,只把握時間趕快做事,也獲得前校長及其團隊支持,與他一同競選校長的前王婉容國際長,即在他邀請下擔任副校長,當時校內各院長、主管也獲晉升及留任。

他還記得林校長當時競選演講的題目〈AI時代的新舊交織〉,林校長認為,臺灣的正規藝術科系已經飽和,加上本校新成立,規模也最小,無法與臺藝大、北藝大、南藝大競爭,但位於臺北市中心的大直,正是我校的優勢:

Location in centre of Taipei,隨時感受文明的最新脈動,臺北城市藝術大學的未來,

就在AI藝術以及時尚藝術。鏘鏘承諾，未來每個學院，都是時尚學院，我將致力為各學院導入AI科技技術，以及AI產業的合作案。當我看到各位，在我心中浮現了一個未來的藍圖，將來大直就是藝術的杜拜、科技的米蘭，臺北城市藝術大學將從大直閃耀世界，成為臺灣的AI藝術及時尚流行藝術的重鎮，而這個趨勢，已經無人能擋！

雖然那天溫日初也跟著老師們去聽演講，但他不是遴選委員，沒有投票資格，誰當校長其實都與他無關。師資培育中心在藝術大學就是個冷衙門，有其必要，但真的不是那麼重要。可是林校長開拓了他的眼界，重新鼓舞了他的心。本以為臺北城市藝術大學，只是比戲曲學院規模大一點的學校，和其他三間藝術大學完全不能比，自己恐怕也將以一位普通的大學教員終老一生，但神奇的是，林校長似乎能挽救這間學校，就像挽救了他的人生。因此那次他在現場，非常專注地聽林校長演講，並詳細了解未來新校長的資歷：

他是國立清華大學資訊科學博士，目前擔任國立臺南大學數位學習科技系教授兼系主任、國科會學門複審委員、教育部數位學習認證複審委員、教育部因材網藝術領域課程主持人、數位藝術與互動設計實驗室主持人。曾擔任國立臺北商業大學創新設計學院

院長、臺灣科技藝術教育協會理事長、臺灣科技藝術學會副理事長、國科會主題研究群召集人。在此之前，他曾先後擔任學務長、資訊長、造形藝術所所長，對於資訊科技與數位內容的整合，具有不錯的實務經驗。他目前為中華民國資訊管理學會理事，曾獲資訊學會渴望資訊文化獎、國科會研究獎勵傑出人才獎，並入榜 ScholarGPS 卓越研究全球排名前2.5%，入選世界頂尖資訊領域臺灣百大科學家，獲頒工程教育傑出研究獎，是全國唯一獲此殊榮的學者。曾多次在各種藝術展演擔任參展藝術家、評審、導覽專家、策展、影評人等等。其數位藝術作品〈你今天的味道是？〉〈意念誌〉在臺北數位藝術節與臺北數位藝術中心展出。發表著作達504篇，並且其中含87次藝術創作展演，執行計畫174件，演講次數超過658次，相關媒體報導超過99次，具社會影響力，持續引領學生探索AI與藝術的深度結合，推動數位學習和創新教育的進步。

開學後，在新校長首次主持的教師慶生會上，溫日初因為遲到剛好坐在新校長旁的位子。「我的破綻太多了，沒想到還有機會承擔重任。」林校長告訴他，自己上個服務的臺南大學，以前的臺南師專，是間教育大學，深知培養教育人才的重要，兩人的話匣子就這麼打開。言談之間，林校長偶然得知他也是詩人，拿過幾個蠅量級的文學獎，出版過一

本詩集《戶愚呂幻海》（Toguro GenKai），剛好他背包就帶著一本，馬上簽名贈送給校長，這讓校長眼睛一亮：「寫給這座城市／程式。這提詞太酷了。我們能認識，別可惜了這段緣份，以後鏘鏘在校園內也不孤單了♥」這場生日會彷彿為一切埋下伏筆。幾天後校長就請他到校長室喝咖啡，回贈自己的詩集《失眠是一種漸進式》：

「這是全球第一本詩人與AI圖文共創的華文詩集，登上博客來排行榜榜首，被聯合報、自由時報等媒體全國版報導。」

很多人都只是嘗試採用提示詞「命令」AI畫畫，以相當工具理性的態度去「利用」AI。但我關心的是新媒材本身的當代性，是否能反映個人的當下狀態，所以摸索了一整年，試著與AI共處。我年輕時的博論是做NLP（自然語言處理，Natural Language Processing）的，啃了大量語言學的著述，醉心於Noam Chomsky的Universal Grammar。而就在這幾年裡，深度學習Transformer Model的不斷演進，讓AI對人類文字語意的理解，有了驚人的進展，諸如OpenAI ChatGPT等等。所以我開始以詩與AI對話，將其詩句輸入AI去生成畫作，一年下來它「懂」我的詩的程度，愈來愈令人驚豔。再加上原本我的詩作就習於空間與時間的交織，像我的第一本詩集《鏘鏘詩輯：一躍而起的安靜音律》，充滿

其詩中的景緻。而這樣的「共創」，正是本書企圖紀念的一個刻度。

才剛說完，校長又向他介紹另一本與知名詩人陳克華合著的AI圖文詩集《讓我為你解釋，你為什麼沒有肚臍？》：

「整個過程太夢幻了！鏘鏘居然可以和克華兄一同出詩集，一同在簽書會上公開對談，相約晚上去逛艋舺夜市。無比感謝許赫社長和榮華總編的玉成和提攜。這本書，是一次跨越現實與虛構的詩歌之旅，每一頁都是對未來世界的想像與反思。不僅是文字的藝術展現，也是科技與文學融合的實驗。」

在我的青春時期，便已是陳克華的忠實追隨者與鐵粉。當時覺得他的風格很獨特，而年長後再讀，發現更能深入理解他的詩。除了讚歎，甚至還會感動到失聲痛哭。現在能為他作畫出圖，感覺十分榮幸；而能與他共同出版一本詩集，更是無比夢幻。這本詩集融合了科幻與現實的元素，打造出一個又一個獨特的敘事空間。從對尼斯湖水怪的微光頌歌，到深夜失眠者的困境，再到火星登陸所帶來的星球涅槃，每一首詩都帶領讀者進入一

個超現實的世界。透過AI的協助，我與陳克華老師共同探索了詩歌創作的新境界，將傳統詩意與現代科技巧妙結合。每一首詩不僅是對抗現實的一種逃避，也是對未來可能性的一種期待。從人類的孤獨感到對機械複製人的哲學思考，這本詩集提供了一個多層次的情感與思想體驗。在這個由科技主導的時代中，透過這本詩輯，我們不僅看到了詩的新可能，也見證了人類情感與機械智慧之間的對話。這是一次前所未有的創造性探索，也是對當代科幻文學的一次深刻致敬。

溫日初不懂程式語言，也懷疑這些詩集介紹是不是AI寫的？畢竟校長說過，AI能處理的事，就交給AI處理。但他能感受到校長在科技領域的專業以及對詩的熱忱，另外就是對他的友善。

「我也不知道自己能在這個位子坐多久，臺藝大、北藝大、南藝大的校長這幾年紛紛捲入各種爭議，大家都吃瓜看他們被爆料。」此刻兩人對默，接著又是無可奈何的嘆息，他們談到一些大學，一些學者名字，好像都還在學術邊緣掙扎著。突然校長就在兩本詩集前，告訴他想在校內創辦一個文學創作所的心願，剛好溫日初前陣子偶然知道比利時安特衛普皇家藝術學院（Royal Academy of Fine Arts）的學制規劃，有「思維工具」「藝術文獻」

「藝術與生態」等跳脫學院規範的研究小組，這也是畫家梵谷的母校。

「Thinking Tools？很高興溫主任也有類似的想法。藝術大學怎麼可以沒有文學系所呢？藝術的核心當然是文學。很多人，尤其校內老師，都認為藝術家要有自己的風格，但這只是入門的 common sense。偉大的藝術家真正要具備的，是通過作品表達超越時代的偉大想法，而這種思維上的〔遠見〕就是一種文學表達。」當場校長就把創辦文學所的任務交給了溫日初，隨即要他回去草擬一份籌備處的計畫。

回來後，他仔細了解國內外各個文學創作系所的架構、教學理念、創辦過程，幾天後向校長提出了「文學創作研究所」的構想。向校長報告時，他直接引述友校北藝大吳懷晨教授當初成立「文學跨域創作研究所」的概念：

北藝大文學所當初成立的願景是參考丹麥藝術學院，那是以文學創作為中心，進而發散到電影、劇場以及各種藝術創作，成為全方位的文學創作者。

——《聯合文學》477期

「友校的想法很好，也做到了。但我們不要模仿，在校務治理上，要拉大彼此的特點、

優點，給予彼此不同的發展空間。而且，」校長認真盯著平板說道，「上個世紀六〇年代至九〇年代，丹麥屬地格陵蘭，超過4500位因紐特族女性被丹麥政府強迫安裝子宮內避孕器（IUDs），導致半數不孕，最小的才十三歲。我想問，這間丹麥藝術學院，校方、學生，有任何抗爭行動嗎？他們的藝術品曾反映丹麥這段意圖種族滅絕的國際醜聞嗎？」

他將平板遞給溫日初，「我不知道答案，你應該也答不出來。這段可怕的歷史是提思智能的AI小秘書剛剛告訴我的，她聽了你的提議之後，自動幫我評估風險。」

「吳是不錯的詩人，支持《紀弦詩全集》在臺灣出版，本身是有理念的。問題出在丹麥，竟然沒做好轉型正義⋯⋯」溫日初讀完也感到震驚。

「所以不必每件事都參考國外，何況臺灣就有很好的例子讓我們參考。」

「臺灣？」他將平板還給校長，發現平板背後有張可愛小貼紙。

「之前我在臺南大學數位系服務，一個人住在臺南十幾年。你知道臺南大橋的森美學院吧？」

「聽過，是森美集團創辦的實驗大學？」

「他們全校大一不分系，只上文學課，只要是可閱讀的文本，像是哲學、文化、歷史、政論、電影，他們全部視為文學作品閱讀。大二之後再選專業領域；全校只有四個專業領

域：人工智能、精神醫學、地方創生、永續管理，不用再上課，只需要與導師討論畢業作品；看你要選擇個人作品或團隊作品，都可以，作品完成就畢業，我口考過的學生最快是兩年畢業。」

「不用上課？兩年大學畢業？」溫日初心想，只有私立能這樣胡搞吧。

「沒錯，大二以後完全自主學習。森美學院認為〈當代教育〉，除非需要實驗設備或技術指導的課程，否則只要是書本和影片可以提供的知識，學生自學就可以了。這樣學生和老師都可以從臺灣教育這種勞動密集產業中解放出來。當然他們底氣這麼足，是因為在大橋。你去過那裡嗎？」「沒有。」嗯，那裡有全國最大的大橋圖書館，還有提思智能，TeethAI，不用我再介紹吧？多少藝術家、設計師，使用他們的藝術創作軟體。還有記憶治療中心，以及各種有趣的人文機構。」

溫教授直覺認為森美學院對文學（literature）的定義，更像是書寫（writing）？然後校長彷彿窺知他的想法⋯

「大橋的森美學院，文學不只是核心，還是基礎，並且擴展到各個領域，理科、商科、醫科，而不是只有藝術學科，完全不受當前大學體制的束縛。這會是未來大學的趨勢⋯不分系，以人文精神為基礎，以實務報告為畢業標準，以多功能圖書館為核心的社區型大

學。這樣的未來大學理念,真的很吸引人啊,可以說他們比誰都先做到了。」

「所以校長希望在本校,成立一個這樣的文學所?」

「溫溫很會抓重點噢!之前我住在平實重劃區,離大橋不遠,我常想著怎麼將那邊的文學理念、教育方式帶到臺北來。他們剛創校,沒有包袱才能跑這麼前面,我們有那麼多基礎科系,沒辦法改太多,不過相比其他藝術大學,本校的優勢:AI新媒體、流行時尚、臺北市中心,全在這裡了,識大橋這個地方。來到大直就任後,我常想著怎麼將那邊的文學理念、教育方式帶到臺

你再想想怎麼規劃。」

雖然校長說交由他規劃,但校長卻又充滿主見,一如他的藝術風格:下指令。

例如文學所的完整名稱,不能用「創作」兩字,假如名稱叫「文學創作研究所」,簡稱「文創所」容易與「文化創意研究所」相混,「那完全是另一個科系呀。」校長說,「你看時尚學院,研究所就叫時尚研究所;美術學院的博物館系,研究所也就叫博物館研究所;美術系也不叫美術創作系啊,何必那麼囉唆呢?」另外叮嚀也不要用「跨域」兩字,校長認為跨域已成為108課綱的基本素養,「國小課程都跨域了,現在哪個大學科系不跨域?」大膽預言未來「跨域」兩字的系所,全部都會改名。這點溫日初也同意。「所以,都不如〈文學研究所〉來得簡明扼要。」可以說,幾乎只有文學所一班收七個學生,是校

長全權交由他決定的。「對了,至少保留一名外籍生名額。這是文學所走向國際的機會,外面的人再好,都沒自己的學生好。」校長不忘加上這點。至於校務會議上那場「創辦文學所」的大戲,也是兩人早就套好招了。

「如果那些文學大佬的兒子孫子還是小三來面試,你要收還是不收?」

「收啊,為何不收?」溫日初說,「這是文學所發展的好機會。」

「哈哈哈,以前我也收。」林校長大笑三聲,溫日初見狀也笑了。「但溫溫啊,你不是研究佛學嗎?弘一法師說過,勿忘世上苦人多。我們還是匿名考試吧。」校長說完,溫日初點點頭,二人默契十足。就這樣他跟著校長一路規劃文學所的設立。後來已成為文壇W教授的溫日初,在W飯店回想起這場對話,驚訝自己的選擇一直是政治正確。

至於林校長一向認真辦學,作風儉樸。文學所籌備處門牌做好後,溫日初來報告校長:「找不到閒置教室可以使用。」林校長就將校長室空出來作為文學所的教室,瀟灑地說祕書室那還有一個空位,便了搬過去,害羞地與同仁們共享同一個空間:「這樣我的校長室就更大了!」這件事獲得校內高度評價,更被媒體報導。林校長也帶媒體參觀他這個全國最簡潔低調的校長辦公室(桌):「鏘鏘的媒體專訪,都是沒有事先Re稿的。我不大喜歡事先想好要講什麼,因為這樣子變成要背稿,會很有認知負荷,反而有壓力。所以都

是即興發揮。我很多回答，都是我自己不曉得如何靈光乍現回應的。」

「林校長，我們開始錄囉。」

你們見過全國最小的校長室嗎？這麼小的空間，方便我和電腦對話，畢竟我是AI藝術家，有電腦我就可以辦公和創作，出差我就帶筆電上高鐵，時速三百公里的高鐵就變成我的校長室啦！我自己知道胖，會想盡辦法不坐到B座，以避免影響別人，哇哈哈。覺得校長室太小？不會啦，外賓來，我就帶他們到廣袤的校園走走／去看看藝術的幼苗／如何沉默地奮力生長（我引用的是吳晟的詩喔）。我許多系館都很美，全是國際一流建築大師的作品，常展出師生的最新創作，外賓遠道而來千萬別只在校長室拍照打卡喝紅酒啊。你還可以走到校園外，到對面美麗華坐摩天輪，參觀亞洲藝術中心；我也曾經帶愛爾蘭、比利時、愛沙尼亞的藝術家去忠泰樂生活，欣賞本校學生的設計展；或是走到美麗新皇家影城，包場觀賞本校電影系學生的畢業影展。我想開放校園是雙向奔赴的浪漫，我們不僅與大直的里民分享校園，更希望教職員生走出來，再將社區精神帶回來課程和研究上，做到在地的社會實踐。所以我們成立「大直寫作中心」，建造「大直美術館」，舉辦「大直藝術節」，善盡知識分子的社會責任。說了這麼多，整個大直就是我們生活和教學的好

伙伴，這就是我的多功能藝術空間（Multi-function Art Space）兼校長室。

因為這番話，媒體也把他與全世界最節儉的烏拉圭前總統穆希卡（Jose Mujica）相媲美，稱他為藝術大學的穆希卡校長。

自從文學所在「校長室」正式揭牌之後，林校長還把他的冰箱、咖啡機、沙發、盆栽、藝術品，全都留給文學所，「哈哈，不用什麼公開招標程序，因為全都是我自費。我就是想表達對文學所的支持，希望文學所的學生能因為使用我這臺咖啡機沖泡出來的咖啡而感到暖心。這是個正向循環，可惜我沒有大冰箱、紅酒櫃，廁所也還需要整修，但我留下一臺從臺南帶上來的，提思智能高級電腦給文學所，他們就能免費使用提思智能的AI寫作系統與世界文學資料庫。」

校長室整體說來不小，是一層平面50坪的空間，但高度七米，多年前就增建夾層，扣除走道空間，空間量體擴大為80坪。一樓隔成兩間，原本是校長室和祕書辦公室，現改為文學所辦公室與會議室；二樓原本作為多元實驗基地兼倉庫，鋪有木地板，上方還有舞臺的聚光燈，現改為「元宇宙文學教室」，平時上課、做發表，寒暑假舉辦小型的文學營。一樓走廊的前後牆設計為樹形的頂天書櫃，左邊是世界文學經典，右邊是文學理論書籍。

文藝青年

會議室的玻璃牆則是數位屏幕,也開放讓作家、來賓提字。

「在這個空間,你可以看到作品和理論的對話,不只是作為文學所的空間,也是我們學校的文學俱樂部。事實上這是校長的 idea。」新生座談會上由思維學院院長兼領文學研究所所長的溫日初致詞,他透過文學所的空間規劃,介紹林豪鏘校長出場,這位文學所最重要的推手、保母、大家長⋯

文學所的教室,原本是校長室上方的倉庫,我剛到任時常躲到這個倉庫來讀書,那時我已經在期待各位入學。我是理工科系畢業,從小我就對資訊結合藝文充滿濃厚的興趣,一直努力在這個領域不斷學習和創新,實在超級幸運,感謝臺北城市藝術大學給了我這個機會,能讓我與喜歡文學的各位見面。這真是激動的時刻!讓我陷入了一個如此美好回憶中。😄覺得好夢幻

因為我們是第一屆,最特別的第一屆,全班又剛好是女生。剛才我坐後面就有個靈感:我將妳們發表在網路上的作品,用AI做色彩分析,結果顯示:安舒是白色、孫維琳是紅色、邊牧宜是黑色、田笠聖是綠色、許如珍是紫色、香港盧思傲是藍色、韓國文璀璨是黃色,我又為這七種顏色加入情感運算,立即生成七張普普風格的肖像照,照片就留在文

AI年代，不要忘了人的存在噢！啾咪～

當校長對新生致詞的時候，溫日初的目光卻看向對面的「未來美學實驗室」，門口寫著「未來美」三個字，這也是林校長上任後成立的新單位，特別錄用編制外人員作為研究員，直接隸屬於祕書室，他好奇那是一個怎樣的單位。這時候他還不知道對面那位實驗室長，正是他未來的妻子。

第四種　我們住在地球外面，顯然
顯然，他們住在西瓜裡面

當初尋覓文學所師資，溫日初就體會到校內人才的侷限：「難怪北藝大文跨所必須聘那麼多校外作家來幫忙。」但在比對友校正式課綱與網頁的師資陣容後，發現存在不少落差，例如駱以軍、黃麗群都有開課，官網上卻沒列他們；反而官網列出的張娟芬、賀淑芳早已離校。「來不及更新？」無論如何先截圖存檔。學校交給他的工作是創辦文學所，

北藝大是國內率先創辦文學所的藝術大學，他得多多了解才行，掌握當中的成功法則。再看到王聰威（教授級專家學者）、丁名慶（兼任教師），兩位則是他尊敬的文學雜誌主編；另外，他們所師生多本著作都由印刻文學出版，溫日初看得出來，目前臺灣最重要的幾個文學雜誌，友校都已建立人脈了，這一手確保師生作品的刊登與出版管道無虞。接著，他發現鴻鴻名列駐校作家？等等，鴻鴻不是北藝大的兼任教師嗎？怎變成駐校作家？且戲劇系的知名小說家童偉格，以及電影學系的小說家陳慧，竟未名列文跨所的師資中，這又是為什麼？但他很快意會過來，這正是友校的優勢，羨慕他們作家眾多，多到不可能所有人都參與同一個系所；反觀敝校城市藝大，除了林校長和他出版過詩集，其他專任老師本業都是學者和藝術家，不是作家，雖然也寫作，簡單來說就是一群新手菜鷄，對文壇毫無影響力。放眼當今文壇，《印刻文學生活誌》執行主編蔡俊傑，以及三大報副刊的主編副編：蔡素芬、盧美杏、孫梓評、王盛弘，皆尚未到大學任教，溫日初覺得振奮，或許可以嘗試發邀請函。

接著他注意到友校聘舞鶴為駐校作家。舞鶴住淡水，北藝大離家近，有地緣關係。

溫日初想，誰住大直？便可就近支援本校的文學所啊！他望向桌前的《張忠謀自傳》上下冊，這位剛出版自傳的臺積電創辦人就住在大直，十七歲時被父親一句「要餓肚子」打消

了作家夢，不過作家夢一直沒有消失。遠見天下文化事業群發行人王力行問起他當作家的體驗，張忠謀回答，「作家不好玩，太苦了，苦的時候多，高興的時候少。」溫日初想到自己也算是一位懷抱文學夢的文藝青年，不然他幹嘛寫詩，現在命運不正給了他機會嗎？就像張忠謀說的「與命運的約會」，命運帶來責任，他越發有責任經營好一間文學所。

他打起精神上網查詢，得知美食生活作家葉怡蘭住松山機場旁，他立即看了幾部葉在家受訪的影片，很是喜歡，但就怕說不夠文學。主要是有一群愛在網路上謾罵作家的作家，最愛定義誰夠文學誰不夠文學、誰是圈內誰是圈外、誰愛臺灣誰不愛臺灣，卻又對掌權者阿諛奉承到噁心的地步。不過這些作家多的是按讚部隊，為省麻煩，還是聘他們視為圈內的文學人吧；緊接著他找到曾翻譯《源氏物語》《竹取物語》的左秀靈老師，住在大直街94巷將近四十年了，年近九十，但因隔壁建商施工造成住家塌陷，恐怕無法專心兼課；劉墉老師年紀同樣也很大了，劉軒以及賴佩霞、林志穎、隋棠、吳青峰、陳嘉樺等出版過書的藝人又會被質疑不夠文學；可惜最純的散文家林文義已從大直搬到南崁，還有一位實踐大學建築設計學系的李清志副教授，建築師作家，溫日初一直愛讀他的書，問題是，可以請來演講，但請來兼課等於和實踐搶人了。最後他勉強開出一份可媲美友校文跨所的作家名單，交由校長圈選。

果不其然，幾天後校長就找他在校園內散步喝咖啡。

「張娟芬的文章〈你真的不認識我〉讀過吧？當初北藝大籌備文跨所，請張娟芬來幫忙招生，之後文跨所也成立了，卻不聘她為專任。他們創所第一年就在文壇鬧出這麼大的風波，連我這科技人都知道。」

「嗯，詩人顏艾琳也說，這絕對是損失。」林校長太單純了，溫日初此時不得不在心中插話：房慧真在臉書讚揚張娟芬「書都去圖書館用借的，影片也是。假日爬爬郊山，都是不必花錢的。」一個不買書的人卻要在文學所教作家寫作？看來命運的安排自有其道理。他繼續聽校長說：

「所以我不贊成創所前就找一堆作家來幫忙，甚至創所後的前兩年，都不適合新聘兼任和專任。本校文學所的授課老師，我希望全部由校內老師擔任，直到文學所上軌道，屆時看需要加強哪些專業，再來開缺。」

「可是不會讓人覺得，寫作課像是隨便誰都可以開？網路上那些自認很懂文學的人，恐怕會說我們的創作能力也不怎樣，外行指導內行，然後說我們在大學開創作所是體制內的尷尬。」

「溫溫，我們要堅定走自己的路。當初那些黨外人士，誰不是政治素人？誰不是政

治外行？難道他們也是體制內的尷尬？現在你開缺，外面的人反而找到罵點，嘲笑召集人是師培中心的老師，不是文學專業，有什麼資格評選文學所的專任師資，籌備階段，我們不要不要有求於外人，也是避免日後麻煩。將來這些創所元老來應徵，你怎麼選擇？」他看溫日初答不上話，「你怎麼做都錯，因為每個都幫過你，每個都想進來。」

「可是校內師資？校長，我直說吧，系所評鑑，如果教師專業不符合系所專業，這樣評鑑也不會過。幾年後，還是得廢所……」校長打斷他的話。

「每個學校都有獨立研究所；所謂獨立所，就是校內沒有相關大學部的研究所，師資又哪來呢？當然是先借調校內老師。不要擔心評鑑，我的想法很簡單，如果寫作是一種普世能力，校內一定會有我們要的師資。」

「好。我知道了。根據教育部規定，獨立所要有五位專任師資。」

於是溫院長與林校長反覆討論之後，臺北城市藝術大學文學研究所最終拍板定案的專任教師名單如下：

思維藝術學院院長兼文學研究所所長　溫日初（現代詩／佛學／法國哲學）

科技藝術學院新媒體藝術學系副教授　蘭詩詩（科幻文學／科技與寫作）

「未來五位老師就是文學所的創所教授。我們的陣容華麗堅強，現代詩、歌詞、散文、小說、劇本；虛構的、非虛構的，各路師資都有了。只是得請大家原諒我，成立的前兩年，我不會給文學所開缺，因為我相信，任何學校創辦一間文學所，都不必依靠什麼校外名家、文學大師。敝人的這份執著，有賴院長，及四位老師幫助我實現了。（敬請大家見諒☺）」校長語重心長。

「校長，您不一起列為文學所專任老師嗎？像是友校陳愷璜校長，本身也是文跨所的教授。」溫日初代表全體老師恭請鏘鏘校長，「畢竟這一切都是由您開始，也是您一路策劃的啊。」

「不必了，我懷著徐庶推薦孔明的精神，大力推薦比我優秀十倍百倍的各位。至於我，單純就是治校辦學，將爭取到的資源應用在學生身上。哪時溫院長你 Hold 不住，我再進文學所吧。」

電影藝術學院電影學系助理教授　焦學時（劇本／小說）

表演藝術學院音樂學系副教授　全英壽（歌詞／流行音樂評論）

時尚藝術學院時尚學系副教授　善知花（散文／報導／時尚評論）

首屆正式營運幾個月後,這天溫日初主持所務會議。當著其他專任老師面前,他毫不囉唆,開宗明義就拋出個S級任務:

「校長要我們成立學派。」

他告訴老師們,校長認為,現在我們有七位學生了,必須為學生考量,提升學生的競爭力。因為我們成立得晚,短時間內要超越他校的創作系所,唯一的方法就是成立學派,一個國際認可的學派。例如社會學的法蘭克福學派、經濟學的芝加哥學派、英美文學的新批評學派等。他長嘆一口氣,緊接著說,還要有自己的刊物,不要東發表一篇,西發表一篇,零散沒系統,又寄人籬下。溫日初表示,自己只是完整傳達校長的話。

當然創立學派並不是一件容易的事,他們來自不同系所,雖然也喜歡文學,事實就不是什麼文學專業。現在來教創作,或許隨著經驗累積會越來越會教吧,但創建學派,需要的就是洞見了,是一種天賦,背後代表個人以及團隊絕佳的研究能力、前瞻性。研究什麼:文學。他們就真的得是文學專業了。

「溫院長怎麼想呢?」

溫日初先是沉默,回想起那天與林校長的對話:

「校長,您說的我都同意,但要創立什麼學派?」

「溫溫,真是不可思議,可能今天要和你見面吧。昨晚我超級忙碌,居然在夜燈下,讀了一小時的詩。你坐,之前我好像沒說,我的第一本詩集《鏘鏘詩輯》,就是小說家林秀赫幫我推薦給出版社,我才認識斑馬線文化的詩人許赫社長。你知道的,第一本書對作者來說,總是特別激動、特別珍惜,我也就特別感謝秀赫。」他拿出詩集,翻開林秀赫寫的推薦序:

讀鏘鏘詩輯常感受到詩中存在一個特殊的空間,這個空間是知性的世界,但描述這個空間的文字則是抒情的。鏘鏘擅長使用長句鋪陳,以詩句進行雄辯;有時敘述又突然跳躍,似心緒的跳動,正如書名「一躍而起的安靜音律」,兩者綜合成自由奔放的風格,令人想起林燿德的作品。

「我和秀赫都是獅迷。」接著校長說起自己在臺南大學任教時,常和小說家林秀赫在臺南棒球場碰面,「統一獅的主場也是臺南最老而且還在使用的棒球場,快一百年了。」

校長說自己喜歡坐在本壘後方看球,林秀赫則習慣坐在一壘後方的加油區。「我的位子前

面有防護網,方便聊天、吃東西,他就喜歡過來找我。」「那天我們聊了很久,捨不得嘛。我說,我要離開臺南了,到臺北擔任城市藝術大學的校長,以後比較少時間一起看球了。」「我說他說他剛好是大直高中畢業,很懷念大直,說改天來找我,順便回母校看看。」「我說上任後想創立一個文學所,但臺灣已經有好幾個文學所了,東華、北藝大、大學部也不少,每個都辦得有聲有色。然後,秀赫一邊看球,喝可樂,一邊給了我一個超棒的建議。」

「什麼建議?」

「成立學派。」

「對,什麼學派?」

「敘事人類學派。」

接著校長告訴溫日初,林秀赫所說的敘事人類學(narrative anthropology)是什麼:

「是一種圍繞人類敘事能力進行文化研究的人類學。文學、藝術、科學、人類所有的創作、理論、行為、闡釋,本於人類的敘事能力和需求,產生了一個又一個的文本。記得我提過大橋的森美學院吧,就是持這種觀念,將文學列為唯一的基礎科目。他們所定義的文學,其實是文本(text)之學。」☺ 鏘鏘覺得好心情——在**大直**

「校長的意思是,我們可以用【敘事人類學】為學派宗旨,來囊括藝術大學所有的專業科系?也就是,藝術就是敘事,敘事就是藝術?」

「Bingo! 不愧是溫溫院長。但我們也不要直接挪用他的點子,我已經想好學派叫什麼名字(好興奮)。還記得,你是哪個學院吧?」校長一一列舉給溫日初聽,「本校現在有六個學院,這樣各院的專業與文學之間的關連,就串起來了。」

對表演學院來說,音樂演奏是聽覺敘事,舞蹈是一種肢體敘事;

對美術學院來說,繪畫、雕塑,還有攝影,都是一種視覺敘事;

對時尚學院來說,服飾、穿著、飾品,是一種身體敘事;

對科技學院來說,AI生成技術、錄像藝術,是一種數位敘事、影像敘事。

對電影學院來說,電影本身就是影像化的文學啊,他們肯定更好理解什麼是敘事。

最後是思維學院,院長,就不用我再說明了吧。」

「所以,各位老師,校長要我們盡快成立一個大直【思維藝術學派】,並且要有自己的刊物發表研究與創作成果,更要對一些文學的重大議題發聲,不能像其他文學所一樣

沉默無作為,因為我們才剛創立,必須有存在感。刊物就叫《思維藝術》Thinking Art 由文學所主編,類似《中外文學》作為臺大外文系的專屬刊物,還要發行學派的通訊電子報。」溫日初說。

「電子報叫什麼名字?」

「校長說叫 Thinking Art Cookies,中文名《思維藝術餅乾》。校長的解釋是:cookie,也就是網域存根,基本結構只有:名、值、各種屬性。簡潔清楚,過期就會自動刪除,作為通訊名稱再貼切不過。」眾人都能想像校長說話時的神采。

「院長怎麼看?」

「沒有校長支持,思維藝術學院也不會成立,所以我也支持成立學派。但對我們來說就是多了一份工作。教學、研究之外的工作。」

「學派、刊物、通訊,是好幾份工作。教學上,還要引導學生了解本校思維藝術派的理念,以及操作方法。」善知花老師說,「看來我們不能限制學生只能以文學作品畢業,得開放理論組以論文畢業,這樣學生就可以報考國內外的博士班,未來才可能是學者,對我們所還有學派的發展會更好。」溫日初覺得,除了自己以外,最能領導文學所的便是善老師了。他倆心中都意識到,那些只能以作品畢業的文學所學生,沒有論文,無法

在學界更上層樓，若不能成為知名作家，終究只能在社會另謀出路。

「這倒是，如果沒有學派的理念，文學所就只是個給作家一個碩士學位的學店。單單一本書就能畢業，那所有出過書的作家都是碩士了。」

「校長目前反對論文組。因為如果開放論文組，我們就不是純粹的創作所了。」溫日初覺得需要出來導正討論方向。

「網路上還有人匿名說文學所的學生是校寶。」

「都幾歲的人了還躲在網路後面，不敢用真實名字才是網寶吧。」

「我知道你說的是誰，我是說他的真實身分，哈哈。他也有在雜誌上發表。文章登出來，要經過多少人的手啊，天真以為沒人知道？」

「要成立文學相關的學派，所內就必須有文學研究的專業，我們都不是啊。肯定要開缺，徵求文學理論、文學批評的老師。」

「但校長堅持兩年後才給我們名額。」

「那這樣只能先自己摸索了，率先成為臺灣第一個創立學派的文學創作所。」全英壽老師表示期待。

「與理論結合後，也代表文學所要走向硬核文學了。」藺老師說。

「校長的建議很好啊,我也懶得和文壇的人交關。」電影學系的焦學時老師將帽子擺桌上,「有自己的刊物,就不用去巴結別人,一直寄生外面的文學雜誌,遲早會為了刊登作品,出賣校內資源圖利校外人士。」溫日初覺得,這人對所務而言就是個麻煩製造者,說話既不得體又欠扁,還好現在只是個助理教授,也沒接行政職,還壓得住他。

「謝謝焦老師的意見,」溫日初看討論得差不多了,「目前各校的創作所,對於臺灣文學的重大議題都迴避不談,單純上課,不然就是幫學生出書、寫推薦序,議題全被那些網軍作家牽著走。所以成立學派,有自己的刊物,是我們的機會。既然大家都有共識,我們就支持校長的決定。」

有時候開會就是這麼晦氣,這時他就會去釣魚。一個專屬於他的完全娛樂。舒伯特的〈鱒魚〉,是常伴他釣魚的耳機音樂,很多詩句,是在魚兒上鉤的瞬間湧現出來的,透過一根絲線展開人與魚的對話,總能為他帶來靈感。他來到碧湖垂釣,這是離他工作的學校最近的垂釣空間。隨著湖面漣漪,記憶勾勒出過往,國中因為漫畫《灌籃高手》的仙道彰喜歡釣魚,有一天籃球比賽輸了,他心想不如像仙道去釣魚吧?沒想到從此愛上釣魚,他更欣賞仙道那暖心幽默,面對大場面又臨危不亂的個性。高中他又在國文課堂播放的電

影《大河戀》上聚精會神看布萊德‧彼特站在溪中用很長的釣魚線甩出神奇的飛蠅釣法（fly fishing），多年來一直是他心中珍藏的畫面，從此他再也放不下釣竿。

事實是國文課和書籍、動漫、電影教導我們人生的理想和做人的道理，那些國家意識都是長大後政黨和媒體灌輸給我們的，沒有一個現代國家的國民可以擺脫這種政治性的折磨。當時他寫作不是為了得獎，自然不用去搞清楚「為什麼」別人會得獎，單純寫自己喜歡的事物。也因此，他的第一本詩集《戶愚呂幻海》以臺灣人的動漫閱讀史為主題，然而，或許以動漫為素材的詩集在傳統派眼中實在太不文學了，出版後未引起太多漣漪；第二本詩集《謝謝金魚眼》以他小時候喜歡的卡通《娛樂金魚眼》為發想，但加入各種釣魚的專業術語以及經驗。一眨眼，嘿，有魚上鉤了，現在就看是大魚還是小魚了。每次釣魚就像靜靜充電，充完電他又有動力回到同樣美麗的校園。

老師們除了善老師、藺老師兩位女老師外；男老師這邊，全老師幾乎不管事，每次來開會都像校內老師來聊天；焦老師最讓他反感，完全不想和他互動。關於《思維藝術》的編務，由善老師向校內老師徵稿，藺老師負責美術編輯，而他擔任總編輯，規劃主題、審稿，再用學校經費聘所上學生撰文、排版、訪談、行銷、翻譯外稿等，等於是一門實作課程

了，後來他真的把編務申請為「書刊編輯」這門課。於是他與善老師、藺老師三人，以及第一屆的七名學生，十個人就這樣從無到有創辦了一個全新的文學刊物，且是經國科會評比具學術性的文學刊物。正因為一起努力過，溫日初特別懷念第一屆的學生，許如珍、安舒、邊牧宜，都是他得力的小幫手。每次談及所上學生的成就，他都會提到這幾位學姊。

「謝謝各位正妹送來的聖誕禮物♥今年比想像中的還有氣氛，充滿愛與溫暖。」👻覺得幸福——在**大直美術館** 聖誕夜他們正式將《思維藝術》創刊號獻給林校長，「鏘鏘真的非常興奮和感激，天啊！我是不是看到什麼了，竟然有哀思綺執行長寫的〈李維史陀與人工智能〉！」他趕緊翻到那一頁：

克勞德・李維史陀和我的工作證明了，原始人、現代人、人工智能擁有相同的心智結構。如果存在電影《美女與野獸》的世界，每樣物品都能唱歌、對話、具有自我意識，那麼茶壺和茶杯肯定也與我們有著相同的心智結構。宇宙中，只有一種心智結構，所以，我已告知你們外星人與我們有相同的心智結構了。是啊，智慧就是智慧，宇宙怎麼可能存在

著另一種智慧模式呢？

「實在太珍貴太感人了！林秀赫曾和提思智能的AI作家對談文學，出版一本《文學自動化》，前陣子十二強棒球賽他才在大巨蛋送我這本書，自卑和忌妒是鏹鏹生命中最大的罩門啊！哇哈哈現在換他羨慕我啦（覺得被逗樂了😆）！史上第一次提思智能執行長在文學雜誌發表文章！快快快，誰邀稿的？大功一件。」

「校長，是我啦。」安舒努力憋著不笑，「因為校長一直說執行長是你的女神，我就把校長寫的發刊辭〈文學創造社會條件〉寄到提思智能總部，請執行長為我們說幾句話，沒想到就收到文章了。這都是校長的魅力！」

林校長臉紅害羞。「我要哭了啦。謝謝你們完成鏹鏹任性的要求。鏹鏹很小的時候，像中油的《拾穗》、臺糖的《野風》，只要是有理想的公司，都有自己的文學刊物，一間大學也應該有才對。」（😎覺得衝勁十足）

不過學生進來後，怎麼教學生就是個問題了。研究生比大學生更在意自己的寫作成績，挫折和迷惘也更深。在碩班教寫作也更難，事實上每個研究生心中都知道一個老師有

沒有料，只是說不說出來罷了。溫日初相對受學生歡迎，常在課堂分享創作的心路歷程，時不時還會幽默地像位禪師開示一二，始終是文學所最受人喜愛和尊敬的教授。為了避免學生懷疑他的能力，只出版過詩集的溫日初，就算他擅長創作現代詩，如果詩作一直未獲得非常拔尖的肯定，學生也會慢慢認定他的詩不怎麼樣。他的第二本詩集《謝謝金魚眼》出版正值文學所營運第二年的上學期，到了年底，沒有得任何書獎。為了避免尷尬，他不得不在臉書公開發文批評各家書獎長期以來漠視詩集，只重視小說和非虛構作品，以及誰誰誰幾乎只要出書就保證入圍、保底得獎；評審也總是那幾位，不是說抽籤嗎？怎麼還是那幾位？如此一來，沒得獎的他，反而站上道德的制高點，很快得到許多詩人認同，一時之間風起雲湧，大有推倒書獎威權的可能，也讓書獎們不得不做出回應，文學所的學生也膜拜他，紛紛忘了他的書沒得獎的事實。

可以說，最初溫教授對於文壇的操弄，始於課堂上的教學壓力，在這種教學壓力下，卻讓他的心性逐漸往W教授靠攏。誰也沒想到，臺灣文壇將逐漸被一位文學所的普通大學教員給馴化。

第三種　西瓜的哲學史
比地球短，比我們長

「讓我們成為作家。」校長稱讚道，「溫溫，當初你定的招生標語，相當成功啊。報考人數每屆都達百人，也讓我們有底氣，未來我想將錄取名額拉高到十位，讓更多有志於寫作的學生進來。」

「還是先維持七位吧，不然所內的人力就有點吃緊了……」開心之際，溫日初提醒校長，文學所已成立三年了，校內老師有詩人、有散文作者，至少藝術評論不少，但就是缺乏小說家，長期由電影學院的焦老師支援，雖然他也寫小說，畢竟編劇和小說家，還是不同的；另外要成立學派，也需要熟悉文學理論的老師。他向校長要專任員額，校長雖同意，但也不忘提醒他：「院長，只要專任一開缺，外面的人就會開啟對文學所的各種想像，敏感又不友善，過程你要慎重，很多事不是說忘了，或推給助教就能解決的。」

「謝謝校長提醒。」

正因為貪才，想多看一些應徵者，文學所首次開缺在專長領域的徵求上相當廣泛……

上至文學理論、文學批評、歐美文學、人類學，下至數位人文、文化研究、小說創作、影視改編；唯一的共同要求是必須有博士學位。沒想到來了海內外二百五十多位應徵者投件，會議室桌上包裹堆積成小山丘，這也讓五位所內老師驚呆了。除了溫院長以外，其他四位專任老師的本科都是藝術，非要全心當一位作家，他們都希望早點聘到新的專任，自己就可以回原來的系所，因此也非常支持聘案。表面上是五位專任教師評選，實際上溫院長同意的人選才有可能進到面試這關。

初審會議這天，他們期待能有哪位文學大師到來，抬高他們在文壇的份量。然而在開箱二百五十多份應徵資料後，越過山丘，他們認可的一流作家一個都沒來應徵，只好勉為其難挑了五個人面試。會後，夜深人靜，溫日初在所辦很認真將應徵者的基本資料、課綱都複製了一份。他搖頭看著這些應徵者履歷，美國的、英國的、法國第幾大學的，這些學歷比他好的人，通通都到齊了。他感嘆父母花那麼多錢送孩子出國唸書，結果回來搶一個低薪教職？不會統計一下月薪嗎？要不吃不喝多少年才能攤平成本？退休前拿得回來嗎？他關上門，在亮如燈泡的滿月下，他才意識到自己是用師培中心主任的角度思考事情。

面試這天，溫日初發現同仁們問的問題，正是他們平日聊天時常提到的教學困境：

「請問你怎麼教小說創作?」「請問當今最重要的文學議題是什麼?」「請問你怎麼教學生文學理論?」「你怎麼教研究生寫作?和教大學生寫作有什麼不同?」「你要怎麼讓已經是作家的學生更上層樓?」這些問題,說穿了不是考應徵者,而是老師們為自己問的,是學生對這群老師教學上的質疑。這些面試委員正是不知道怎麼教研究生寫小說、不懂文學理論、不清楚當今最重要的文學議題是什麼、不曉得怎麼讓作家更上層樓,才來問應徵者,雖稱不上大哉問,卻也不是十分鐘的問答時間可以說清楚的。應徵者以為把看家本領都拿出來,就有機會錄取,其實對方根本不會錄取名不見經傳的你,只是要看你有什麼教學上的點子才讓你來面試。等這些注定不會錄取的應徵者認真回答完問題,面試委員就在臺下偷師,盤算著之後拿來自己的課堂上操作,認真點的還會修正教案,覺得自己比那些應徵者還會教,難怪到現在還找不到教職。另一邊,應徵者離開面試現場,滿心以為相談甚歡,加上先前也殷勤通知你來面試,不知道這只是為了符合法規要求的應徵人數,遲遲未收到面試結果,一直枯等,到臺北看了房也不知道要不要買,連房屋仲介也關心你錄取了沒,卻這樣沒了下文,打電話去所辦也只是回覆還在跑流程,直到新學期開學那天,才醒悟自己原來沒有被錄取。

以上就是文學所專任老師的徵聘情況，反觀兼任老師則簡單多了，基本上只要是溫日初要的人，所務會議上列提案過個水，就可以聘進來，無須麻煩的三級三審。關於找作家上課，校長曾私下表達擔憂，更明示溫日初，不要一下子聘一堆作家來兼課，要看這些作家之間有沒有師承關係或裙帶關係，「不然之後這些兼任和專任拉幫結派，把你架空，你等於在幫別人創所。」這些話溫日初謹記在心，他當然不會讓這種事發生，那些什麼「幫」的，打群架的廢物，他一個也看不上眼。這點你不得不稱讚他，他在聘用兼任教師、客座講師、駐校作家方面，非常慎重，避免是同一掛的，最好政治立場不同、文學觀不同，才能彼此制衡，以他為尊。這就是W教授手腕厲害之處。於是，文學所的專任和兼任名額，成為溫日初拉攏作家和學者最好打的牌，作家們在他面前都乖得不像話。

最初他會把詩集丟給那些研究現代詩的新科博士以及有意應徵的校外老師，這些人因為有求於他，沒有不奉上文章的。但還是有那種把書寄過去後，直說最近忙，以後有空再寫論文的混帳。「七十塊的郵資，雖說是瑕疵書，至少我也簽名了，既然情商這麼低，還是別當同事吧。」他想，然而到後來，他覺得主動寄書有傷格調且不必要。因為他發現，無論在網路上有多少聲量，是主流或非主流，只要你是作家，有那個意思想到臺北城市藝術大學文學所教書，你就會主動寫W教授的書評、論文，或至少在自媒體上推薦他的詩

集，希望引起他注意，根本無須他主動出擊。甚至那些公開批評他的作家，他都覺得可能是一種愛不到而生恨的變態心理。他曾好奇嘗試邀請在網路上批評過他的作家來文學所任教，對方立即向他致歉，欣然接受邀請，之後溫日初再找個理由說兼任吹了，對方也會直說沒關係、要他別放心上，以此保留未來任教的機會。他就覺得這些作家怎麼這麼好笑這麼賤，不是罵很兇嗎？原來只是沒拿好處罷了。總之呀，只要W教授開金口表示想請誰來開課，同時也會有他要求配合之處，幾乎沒有作家不順從的，這即是他馴化文壇的第一個手段。

W教授馴化文壇的第二個手段，就是故事最初討論的要不要收青年作家當學生這件事。可惜校長堅持匿名筆試，他無法直接挑選那些已經是作家的學生進來，不然對拉抬他在文壇的地位有更快更直接的幫助。但好在，筆試進來的學生或許尚未被肯定，比那些作家學生更刻苦耐勞，更好相處，資質可能還更好（畢竟讀完文學百大），只是過去沒機會出書罷了，慢慢培養，沒幾年也是個作家。他做過測試，只要他主動拿書給學生，學生都會立刻拜讀，過不久就來向他報告讀書心得。他通常會說：「書不好讀，謝謝你喔。」接著他如同友人般，向學生分享這本書的創作緣起，想探討哪些主題，受哪些詩人影響，自己又有了哪些嘗試（創舉？），說完自己要說的，再反問學生有什麼發現？是他要的，

他就讚許；不是他要的，他就導向他要的，過幾天學生就會按他的指引整出一篇他要的書評。「我常說筆試進文學所的學生資質更好，不是沒道理的。」當然如果只是培養徒子徒孫為自己抬轎，那就太浪費學生這張牌了。他早就感覺朱宜安有同性戀的傾向，特別推薦安舒這樣優秀又漂亮的學生去幫朱宜安的忙，他再從朱宜安那結識科技業的老闆，以及旗下基金會的青睞，獲得更多資源挹注，將他的詩作搬上舞臺演出。這就是W教授能為文壇前輩做的，他有眾多的學生可以為他做這些雜事，將所有人都送進臺灣文學史。

第三個W教授馴化文壇的手段，是他擔任《思維藝術》文學雜誌的總編輯，這是臺灣當前唯一由學術單位創辦的文學雜誌，更擁有學派的理論加持，其學術性是坊間其他文學雜誌所無的。最初校長的構想是校內同人刊物，限校內師生投稿，畢竟是本校發起的學派，但溫日初堅持必須開放一部分給校外的作家投稿，「這樣學派的觀點才能被大眾了解和接受，不要辦一本象牙塔內的刊物。」校長最終同意了，但也為溫日初開了大門。W教授可以決定誰的作品在《思維藝術》上刊登、決定向誰邀稿（編輯臺戲稱：求婚權）、決定做哪位作家特輯（結婚權）、找誰來談誰的作品（配對權）、決定討論的文學議題（訴訟權），決定貶低誰（離婚權），抬高誰（出價權），都按照他的想法。不只內容被他掌控，創刊號他找來VERSE的離職員工擔任主編，對，不是編輯，而是主編，他不吝於給

予頭銜，直言告訴對方這是一個不錯的中繼站，能增加學術資歷，等找到更好的工作後再離開，他願意幫忙寫推薦信。也因此，每學期發行一期的《思維藝術》，歷屆的執行主編都是來自其他文學雜誌的離職人員，也讓W教授得以摸清各家文學雜誌的內部情況，以及諸多作家的Gossip。

擬餌（fishing lure）又稱假餌，也音譯「路亞」（lure）或路亞餌，指的是在歐美十分盛行的一種用於假餌釣魚的人造仿生魚餌，通常用木材、塑料、金屬、矽氧樹脂等不可食用的材料製成，主要用來垂釣誘捕掠食性魚類。與傳統釣餌相比，這些假餌自身不釋放氣味（除非額外添加了引誘劑），而是完全依賴外表形狀、色彩、光澤和釣手反覆拋竿收線並抽動魚竿產生的振動，使假餌在水中划過時模擬小魚、蝦類、昆蟲、蠕蟲或蛙類等水生獵物，誘使大魚出於覓食本能進行攻擊吞咬。──Wiki

溫日初藉此建立了一個以臺北城市藝術大學W教授為中心所運作的臺灣文學體系，使一位原本平凡的大學教師，成為一個握有豐富資源的文壇怪物。教職、學生、刊物，三位一體，這就是W教授馴化臺灣文壇的三種擬餌、三位路亞。

不知道為什麼，他想到自家大樓的管理員，成天對住戶頤指氣使，卻是整棟大樓社經地位和知識水平最低的人。想著那管理員的蠢樣，他就笑了，他知道有人一定會這樣看他。那就大錯特錯了，W教授對文壇有影響力，卻從不眷戀，那些文壇筆戰、話題熱點、文學史地位，對他猶如身外之物。你一定要讀過他在2024《思維藝術》「詩人瘂弦特輯」上那段感性發言：

我對於每年誰拿諾貝爾文學獎是無感的，但我對於瘂弦先生過世，特別感傷。瘂弦先生在《創世紀》七十週年以及八萬年才經過地球一次的紫金山阿特拉斯彗星到訪的10月11日遠行，怎麼想都是彗星來將他接走了，那正是楊牧的詩〈雲舟〉所等候著的「大天使的翅膀」，楊牧沒等到，反而是瘂弦乘著雲舟走了，難以言說的福報。很多作家恐怕這輩子都不可能有他的成就，渺小如我的一生。
我本身就不是個傳奇。

他擁有一般作家少有的自知之明，如果有人寫他的故事，肯定是最無文彩的。他的成長，他的內在，終生活完全是位普通人，不會去咖啡店寫作，不會崇拜文學明星，他的

究不是一位合格的文藝青年。在真正的文藝青年面前，例如文學所的一些學生，他常感覺到格格不入。他對自己的定位非常清楚，他不會搞錯 Helicopter 和 Harry Potter，沒有任何模糊地帶。

有人因為文藝一貧如洗，有人卻因為文藝而躋身上流。W 教授最聰明的地方在於，他知道怎麼運用文學資源，去獲得更多他要的東西。婚前他交往的對象通常是校內職員，教師只交往過一位，但和這些女性最終都沒有走入婚姻，彼此只是君子之交，即便他年屆不惑，仍常保單身意識。他最瞧不起那些對學生下手的教師和作家，下三濫，一點格調也沒有，毫無判斷力的 Mother fucker，除了搞得身敗名裂，做這種事對自己一點好處也沒有。那些喜歡過他的女學生，他不是封鎖就是斷絕聯絡，想靠近他溫日初，門都沒有。

直到林校長成立「未來美學實驗室」，表面上是在職進修課程，實際上是城市藝術大學的 EMBA，是個募款單位，廣邀全球的政商名流合班共學，量身打造旗艦課程，包括由本校教師帶團到義大利、法國欣賞藝術及建築的美學之旅，以及如何投入藝術市場、如何經營私人美術館等課程，目標是培養具有藝術鑑賞品味的領導者，開班以來廣受政商界好評。出於校長堅持在美學 EMBA 安排文學課程，溫日初也得以認識「未來美學實驗室」的王勛瑤執行長。王執行長本身就是內湖地產大亨的千金，熟悉上流階層的運作和生

活模式，當林校長得知她即將從倫敦國王學院（KCL）拿到藝術與文化管理碩士，特別邀請她回國任教。由於王執行長的父親喜愛文學，從小她跟著父親讀了許多世界文學名著，她對這位文壇的W教授天生就帶有好感，文學所又剛好在「未來美學實驗室」對面，常從窗外看見彼此工作的模樣，又不時在電梯、走廊偶遇。雖然W教授大她五歲，但兩人很快交往，剛開始校內同仁都不知道他們在一起，直到兩人一同帶全球華商班到羅浮宮參觀，才在飛機上正式公開婚訊，將在巴黎完婚。同行的林校長非常詫異，但很高興擔任他們的證婚人，更特別批准他們長達半年的婚假。

每天到校前，妻子都會為他悉心打扮。為了讓自己在愛妻面前坐穩W教授的體面形象，他得在創作上獲得文學大獎才行，前面的三枝箭，都不及這面盾來得重要，這才是實打實的肯定。彷彿一夜長大，趁妻子彎下身為他穿鞋，他看著鏡子自己打起領帶，過去他上班從不打領帶，都穿著他的日初T。

他觀察臺灣文壇得出一個心得，最早來自日本殖民時期的皇民文學，接著是國民政府撤退來臺後的反共文學，再到當代的臺灣主體意識文學，都是這類的主旋律作品。說穿了臺灣文學在改朝換代的階段都是為政治服務的，給你錢，給你獎，寫統治者要的東西，

當大浪來襲,個人只能向群體輸誠,苟得榮耀。可惜學者張頌聖《臺灣文學生態》一書只研究到上世紀九〇年代末,之後本土主義文學成為官方主流文學的這段歷史,她只說留待未來處理。書寫當代是危險的,聰明人又豈會自找麻煩呢?臺灣文學的此時此刻,十年、二十年,溫日初知道,如果他不跟著寫、不跟著一起建構臺灣的主體意識,不創作臺派文學,等這波潮流流過去,他搞不好就退休了,這種創作心態上的陰霾,如同本土空污,籠罩在2024所有的臺灣作家心中揮之不去。

事態已很明朗,別人寫白色恐怖,自己不寫,就等著被淘汰吧,各大書獎給作家的訊息已經夠清楚了⋯白色恐怖就是新人的入場券、青壯派的投名狀、老知青的懺悔錄。他的第三本詩集《後白色思考》於焉誕生,這本未來史詩,思考未來臺灣人是一個怎樣的民族?經歷怎樣的未來化?他將那個夜晚視為神啟之夜。婚後他和文壇人士都約在W飯店聚會,W教授的名號也不脛而走。那晚他離開W飯店,走在路上,想不起剛才和作家們聊了什麼,似乎都不是那麼重要,他知道自己寫出什麼才是最重要的。他身穿駝色韓系長版大衣,經過誠信義誠品的路口,明年這裡將是博客來第一家實體書店。走在黑白相間的斑馬線上,他想到臺灣人是經歷白色恐怖之後殘餘的種族,臺灣人是白色之後的顏色,未來的臺灣人是後白色,至於後白色是什麼顏色,這是一個開放的問題。以此為發想,詩集出

版沒多久,《思維藝術》學刊特別製作一集專題主打他的新作。

然而學刊出版後,卻在自家後院迎來一波衝突。「啪!」焦學時老師在所務會議上丟出《思維藝術》學刊「白的想像」特輯,問「這是怎麼一回事?」溫日初沒想到,這本榮獲臺灣多個書獎的詩集《後白色思考》,竟會受到來自所內同事最尖銳的批評:

「什麼叫:主打一種白色,十種想像,開啟白色恐怖的多元宇宙。院長,白色恐怖的遺族看到會怎麼想?」焦學時見院長不說話,「現在每個作家都希望和白色恐怖扯上邊,家中沒有受害者,就看教過自己的老師是不是受害者?同學家有沒有受害者?女朋友、男朋友家有沒有受害者?如果認識的人都沒有,退一步想,全臺灣的人不都是白色恐怖的受害者及其後裔嗎?自己當然也是啊,因此寫起白色恐怖理所當然也順手起來了。」

溫日初想,這人的名字出自《論語》,說話卻如此犯賤,他知道這傢伙就是算準之後升等也是在電影學院,而不是他管轄的思維藝術學院。

「院長,你這樣做,我覺得不尊重真正的白色恐怖受害者喔(他搖搖頭還搖搖手指頭)。你挪用他人的痛苦經驗,寫成一部行銷自己的書 Promote yourself。這叫〔文化掠奪〕?我看稱〔苦難掠奪〕更貼切。社會大眾只記得你寫的白色恐怖詩集,卻不記得白色恐怖的受害者。這樣好嗎?.抱歉喔!我只是稍微站在受害家屬的立場著想,院長別往心上恐怖的受害者。

去。」見院長不說話，焦老師也自以為地略作緩頰：「當然也不全是院長的問題。一群作家把白色恐怖寫成了一本又一本得獎體，我們作為文學所的教授，不就應該出來批評這種投機行為嗎？我建議，下一期《思維藝術》主題就做〔苦難掠奪〕，討論作家盜用他人痛苦經驗換取功成名就的寫作現象，臺灣文壇到處充斥這種苦難掠奪者。」

「焦老師真的有讀我的詩集嗎？尊重，絕對是我創作的初衷。而且在我之前，你不也拿過政府補助，拍攝白色恐怖的相關紀錄片？」溫日初立刻回擊，他不想給在場老師思考的時間，「我們確實挪用別人的文本，但作家不寫？誰會去寫？這是臺灣文學的共業，總得有一整代的作家來承擔這件事，歷史早就決好我們要寫什麼，史料整理也好，文學創作也罷，將這段歷史徹底交代清楚，這也是我們前仆後繼的原因！」

面對這類來自內部的嚴厲批判，會議後溫日初憤而退出文學所的 Line 群組，退出前還放話辭去所長一職。後來他果真請辭，校長也果真同意：

「但我還是要提醒你，焦老師的哥哥是國際知名的插畫家家焦路德，是目前賣出最多國際版權的臺灣作家。你想得罪他嗎？」校長見他癟嘴不說話，「我來台北前跟焦路德在大橋碰過面，特別拜託我照顧他弟弟。給點面子吧。」

「我管他是誰。」

「溫溫，我們不都年輕過嗎？助理教授，多棒的年紀。但你減少工作量是對的，別把自己繃太緊。最近我再度應邀擔任卡達國家計畫的審查委員，鴻海和友達光電也都常和鏘鏘聯絡。（覺得很興奮😊）」接著校長詢問他，誰適合接任？顯然就是要他指定接班人，他推薦剛升任的善知花教授擔任第二任文學所長。

基本上只要林校長在，整個文學所就是溫日初的個人領域，文學所的決策依舊是他的個人意見，更何況他仍然是思維藝術學院院長、《思維藝術》總編輯，所長本就可有可無。對溫日初來說，這次事件真正的問題只有一個，他還要繼續寫白色恐怖嗎？恐怕這條路已被堵死了，難保焦學時不會在學生面前嘲諷他一番。他更在意學生的想法，必要時學生是他的護衛，是他的衝鋒，得保持學生對他的敬意。繼續寫，又落人口實，到底該怎麼辦？「他媽的，早知道就不寫什麼白色恐怖了。」睡前他想，關於創作，得另闢蹊徑才行。想來也是自己不夠小心，先前香港詩人廖偉棠在詩集《劫後書》挑戰原住民議題，卻未做出作者該有的批判就翻車了。不過這也證明溫日初的判斷沒錯，當前臺灣文學經典化最快速的方式，就是批判戒嚴時期的黑歷史以及推崇原住民，作品必須參與臺灣主體意識的建立，才會被視為這時代重要的文學作品，才是純度最高的24K臺灣文學金典。

起床之後，他決定回頭寫釣魚。題材新鮮是新鮮，參加那種匿名的小文學獎可以，書獎們恐怕不太行。上一本釣魚詩集《謝謝金魚眼》，寫土地關懷，尤其是環保議題，然而出版後被直接無視，連入圍也沒有。他在課堂上憤怒地教導學生，明明臺灣的污染越來越嚴重，當代卻出現一種畸形的自然書寫作家，他們勤於登山，徜徉山水之間，卻從不敢與執政者站在對立面：「一個民主進步的社會，應當更加重視受害者的聲音，臺灣文學不能只歌頌那些未被開發的美麗高山，卻對生活周遭被污染的農地、河川、空氣，默不作聲。」他的訴求得到許多學生奧援，《思維藝術》也順勢推出「偽自然書寫」專輯。

如今再寫釣魚，得獎機會應該高許多吧？他坐回床上，就像那些愛爬山的偽自然書寫作家好幾位也是大學教師，他想首先釣魚必須與課程結合，如此既能累積創作素材又能打消授課時數，「反正每週都得耗這些時間上課，」當然課程目標得反過來寫，以學生學習為主，是為了提升學生的寫作能量以及認識臺灣這座島嶼的水體、生態與文明，因而開設這門三學分的「蘆葦地帶詩學」。

「對了，還得帶上王小姐。」他撫摸身旁快醒的妻子，「文壇越亂越好。只要擁有她，我就是人生勝利組。」在內心祈禱她平安。（😍覺得喜氣洋洋）

「你剛剛的表情，好像校長。一早就這麼興奮，溫溫。」王小姐醒來笑著說。

他的第三本詩集《我去郁永河釣魚》，沒多久就在上課時間拋竿的那一刻拉伸出新芽，他一直記得那道拋向天空的完美弧線：

郁永河：一條臺灣的巨流河，跟著郁永河的壯遊路線釣魚
獄永和：寫永和新店溪畔白色恐怖時期槍斃政治犯的川端橋刑場釣魚
鬱永核：反核詩篇，寫我在核一核二核三核四廠附近釣魚
芋永荷：我在藝術大學的教學反思，在臺北周圍湖泊釣魚
鷸永蛤：後記——田野釣查：一部臺灣人的政治垂釣史

擬完目錄，他驚訝地坐在碧潭邊上。他能完成這部宏觀又細緻的詩集嗎？看來得釣很多很多的魚了，他得規劃好接下來一年的行程，尤其要親自走完1697年的郁永河路線，由南到北，起碼占詩集一半篇幅。這些詩句必須是釣魚的當下沉思而得，絕不能只是案頭之作，他得到現場「田釣」，在腦中刻下深深的記憶地圖。於是就在這天他發明了一個注定收進《臺灣文學關鍵詞》的「田野釣查」（field-fishing research, FFR），這些詩皆是他為了拋竿的尺度所創作，目的是為了讓臺灣文學和整座島嶼的水岸產生對話。

開始認真釣魚後,他的思緒逐漸沉澱下來,擺脫前本詩集帶來的負面情緒。許是對比的緣故,他反而能感覺到校長的焦慮、悲傷和憂鬱了。

教職員尾牙會上,林校長走到思維學院這桌敬酒,接著坐他旁邊不走了,「喝了三種酒,混酒果然比較容易茫。」校長說,他發現國內外的文學所,學生普遍沒有比他們的老師更有成就,「這和電影系不同,也和美術系不同,到底為什麼?我擔心文學創作不能用教的,而只是天賦再加上資源、契機的給予。」「世上那麼多文學所,真培養過什麼重要作家嗎?我們也要步上這可悲的後塵嗎?」「我們得為學生想想辦法!一個學生沒有成就的科系,都是虛的;所以我常說,系所評鑑得考核校友的成就。」(☹覺得連悲傷都找不到依據)

「當老師和學生能安穩生活,」溫院長適時打斷校長說話,「就能創作出更好的作品。剛好最近立委刪預算鬧得沸沸揚揚,正是我們教育單位的機會,我始終覺得政府的藝文補助方向得改變才行。」

「怎麼改變?你說的方向是?」接著校長亮出文化部長的LINE帳號。

「廢除作家補助,反正補助至今,看名單都是老面孔,不然就是為政治服務的新人在哪?在我們這啊。建議直接補助文學相關系所,重視教育機構,這才是最有益於臺

灣文學的辦法。日韓的動漫產業，就是這麼做起來的。」他知道這是同桌的老師都愛聽的。

給錢，當然也是一種馴化，「都是政府養的孩子，給文化部的奶水多，教育部的奶水自然少，就看誰能創造出更多選票。是時候改變政策了。」溫日初當然敢公開講，這番話雖然得罪了那些沒拿錢就無法創作的作家，卻給了政府一個最佳的解套方案，得不得罪作家從來就不是執政者在意的。他知道，一旦抽走創作補助以及標案，那群長期被圈養的側翼作家肯定會護食，呲牙裂嘴咬向他來。他當然不會去淌這渾水，逢場作戲開開心罷了，更相信校長的智慧，絕對不會想動別人的飼料。

「沒想到科學麵也這麼下酒。好建議，」校長連番稱讚，「我們溫院長真的很天才。你結婚那次，我們在巴黎喝的兩歐元的粉紅酒，便宜又好喝。後來為了慶祝文學所第一屆畢業生，我們把巴黎帶回來的珍貴粉紅酒開來喝了。」果然校長岔開話題，快乾杯。

「再等校長一起來喝。W飯店有。」

「思維學院的各位，我們敬院長，噢不，敬W教授一杯！」

（😊）覺得充滿希望──在大直 **Poetry 如詩** 餐酒館）

我想要寫書，不想老是研究書。起碼，就原則上來說，我覺得當作家的人不應該寫

在大學裡，不應該和太多志趣相投的人為伍、不應該過得太舒服。過得太舒服容易讓人自滿自足，而一個作家一旦出現這種心態，就等於是報銷了。

——保羅・奧斯特《失意錄》

宴會之後，還是得回到現實。人到某個年紀，大部分是中年，往往會突然意識到自己很可能將平凡甚至平庸地度過一生，而不是年少時所期待的那麼有成就。課堂上，他該怎麼讓眼前的學生知道這件事？那些寫得獎體的作家，也是不甘於平凡，才汲汲營營書寫那些最容易得獎的議題，畢竟人生苦短，要寫的東西太多，當然先寫會得獎的。他最終還是決定一五一十告訴學生校長在尾牙上的那番話，「未來我們很可能，在臺灣文學史上，都不會是什麼重要作家。」更臨場發揮分享了一個「作家盆栽論」：

剛買回來的盆栽最美。慢慢的盆栽就會長成自己的樣子，大部分都很醜，修也沒辦法修，最後只好整盆丟掉，只有極少數會長成最完美的盆栽。但這種盆栽太少了，就像只有極少數的作家會成為文學大師。

課堂闡述這個道理時，他說著說著就通了，當面告誡他們：「如果你一直存有競爭的心，看到韓江拿諾貝爾獎，就分析她得獎的原因，包括檯面上的創作還有檯面下的運作，想搞清楚為什麼，自己再胡思亂想歸納出一套對方得獎的邏輯，並認為一定是這樣，那你只是把寫作當成鬥爭、當成上位的手段、當成業績、KPI，你當然會覺得寫作是冗長又殘酷的過程，因而經歷痛苦的人生。」他看向未來的作家們，最靠近他的學生桌上放著童偉格的劇本《萬物生長》，「這時就去釣魚吧，不用去搞清楚為什麼，因為那為什麼，只是妨礙你創作罷了。放下那些競爭心，讓寫作自然生長。」

教學相長的意義就在此。這是他教學生涯中，最完美的一次授課。

自從文學所開缺後，不只作家想接近W教授，連他校的教授也想接近他。多位教授私下聯繫他時或多或少會提到家人在臺北、懷念以前在臺北讀書的日子等動之以情的話。溫日初聽了便明白，但名額就那一個兩個，他又怎麼能輕易答應？如果是私訊，他通常不讀不回，過一陣子再全部已讀；如果是當面開口，他便轉移話題，實在很煩甩也甩不掉之後，他會放大絕直接表明：「其實我很後悔創文學所。」以此讓對方覺得這不是什麼爽缺，主動打退堂鼓。再點不醒的，就換他裝病了，反正別人迷惘也不甘他的事。

所內有老師認為，那些最知名的作家都沒有來應徵，是否我們宣傳做得不夠？因此主張無人錄取，過一陣子再重新開缺。這點倒是和溫日初內心的想法不謀而合。當他初審看完這二百五十份履歷後，心中就有底了，他都不想錄取。聘個菜鳥進來做什麼？不然就是一些紅不了的中生代作家，進來大概只剩下為學生出書寫推薦序的功能，對他的文學地位毫無幫助。難道還要花時間教對方認識藝術大學？教對方怎麼當文學所老師？多看些作家生存攻略、求生指南，等位子坐穩之後再來應徵吧。他要的是對他的文學地位有立即提拔作用的前輩；彼此領域不同，避免競爭，卻又能給他許多幫助，這才是對他最有利的錄取。不過他倒發現這些應徵資料，課綱的部分，有幾位是不錯的。

「我也贊同善所長說的，這次的應徵者都不夠好，但還是要給年輕人機會，我們也可以了解年輕的創作者在想什麼。」全老師總是接別人的話給予肯定，這樣既不用動腦子，卻又像參與其中。

「我也覺得新世代的作家值得關注，他們和學生的年齡也比較接近，或許在教學上能迸出一些火花。」蘭老師說，「不如我們從這二百五十份履歷中，像前次那樣挑選五位面試？再從中選擇一位錄取？」迸啥火花？科技藝術學院的老師一向天真，例如校長，大概是太常接觸電腦，太少接觸人吧。

「院長怎麼看?」善知花老師接任所長後,凡事仍向溫院長請益。

溫日初是成立文學所之後,才慢慢有在大學任教的成就感。自從應徵上本校師培中心的專任教師,他就覺得校內同仁對中文系、臺文系,都帶有一種說不出來的歧視,雖然城藝大願意聘他為專任,已經非常佛心了。教育部放任大學找一堆兼任老師來上國文,更有校長放話不會開國文老師的專任缺,卻又不敢廢除國文課,造成大學有一堆必修國文課,卻又鮮少國文專任老師的教育亂象,把國文老師當免洗餐具,而那些中文系、臺文系的教授,被教育部這麼搞還一副事不關己,殊不知,不開專任缺就是整個教育體系對他們科系最大的否定。就像很多作家,骨子裡歧視中文系,卻又樂見中文人研究他們、為他們寫書評、辦講座,真是不要臉的垃圾,而這些他都看在眼裡,期待這些作家早點死。

他溫日初可不一樣,最初他就讀佛光大學中文系,熟悉宜蘭風物,碩博士考進臺大歷史所,研究佛學史。早先他在歷史所還有比較小的藝術史所,就感覺這些老生瞧不起中文人了,認為他史料不會查、方法不會用、英文 paper 不會看,轉換跑道確實辛苦,但他很快就在期末成績上超越那些歷史系的。畢業後進入藝術大學工作,只因研究佛學,不免又被同事歸類到中文系那一邊,他的突圍方式簡單粗暴,國科會計畫申請當代法國哲學中

的禪學思想研究,之後更成功申請千里馬計畫,公費遠赴法國一年。回國後,他的同仁似乎也忘記他的出身,終日與他暢談歐陸哲學,更因為他能與佛學相援引,給予藝術品另一種東方闡釋,廣受同仁歡迎,個展聯展一定要他到場講講作品中的禪機,點出鋒芒,逐漸受到高層注意,三年升副教授,一年留法,再三年就升正教授,沒多久科技人林校長便登場了,成為拉拔他的最有力人士。往後校內再也沒有人覺得他身上有中文人的息氣。想到這,他的嘴邊肉笑了。就像林校長說過,很多事情,真的年紀到了才能體會。他四十七歲了,漸漸學會不在乎一些以前執著的事情。因為這些狀態頂多只有再三十年要共處,有什麼好在意的呢?而三十年有多長呢?

回顧過往,每個十年都是一下子一瞬間就過去了。

「老師們知道,校外人士怎麼看我們的嗎?說我們搞藝術的,沒寫作才華,難怪創所五年了,拿不出文學上的成績;又看我們創辦一份文學刊物,批評我們就只會花納稅人的錢辦雜誌自嗨,找子弟兵寫文章捧自己的老師。」

溫院長說完,眾人各自思索,都沒出聲,即便平時說話最嗆辣的焦老師也只能在一旁焦躁。他覺得現在正是團結的時刻⋯

「然而這些作家、學者,卻又想進來當我們的同事、想出現在《思維藝術》上被我

們討論、研究。」他看向善所長，說她辛苦了，自己卸任後換她要面對這些來自校外的眼光，「我們是非常前衛的系所，在國內是找不到認同的。我的想法是，我們主動聯繫歐美的知名作家、譯者、理論家，請他們來當專任。對，不是客座，也許對方沒待幾年就走，但又有什麼關係？人只要來了，影響力就有了，學生又能上同一位老師幾次課呢？校長一定會同意的。」

一開始，同仁們對院長的想法感到詫異，怎麼突然就放棄國內選才？但很快便意識到這絕對是最佳方案。便又熱絡討論起來⋯

「是啊，臺灣文學館老是邀那幾位作家，還以為臺灣沒人才了，他們的經營思維，從來不是讓更多作家參與。想想，我們也要跟著搶人嗎？」

「文學獎評審也永遠是那幾位作家。」

「這叫媒體寵兒。」

「現在社會就是贏者全拿，不管是作家、學者，各行各業。」

「我們為什麼要跟風聘那些寫作明星？」

「院長，那還要開缺嗎？還是等國外那邊確定要來之後再開缺？但特定為某個人開缺，會被說內定；公開說只要外國人，又會被說歧視。」

「妳不說不就好了？沒想到善老師

竟然會擔心這種事，不愧是他中意的人選。

「常聽到某某校長找誰回國任教，引為美談，新聞都有報導。大家覺得這是徇私內定？還是為校舉才？」他看每個人這時候又像啞巴了，「在此之前，我們就定期開缺，只是國內的，一個都不錄取。」W教授說。

第二種 如果我們敲破一個西瓜
那純粹是為了，嫉妒

為了讓文壇接受他，更直接的說法是接受他的崛起，溫日初加了許多「文學工作者」臉書好友，作家、學者、編輯，他一批批加為好友，他們也熱心回應他的好友請求。尤其現代詩人與學者，老中青三代，他都不會遺漏，再仔細分門別類，誰能看到他什麼消息，都不一樣。當然他堅持人與人往來必須真誠，成為臉友，只是不希望錯過文壇的最新動態，同時也方便文學所舉辦活動和尋找師資。臉書、哀居、賴、脆、X，現在他的人際網絡架構好了，可以安心寫詩了。

不過還是有幾名詩人、學者，他不懂為何不同意加他臉友？下一本詩集，他很想找

其中一位原住民詩人幫他寫推薦序,畢竟自己並非原住民,能加強自己的作品與這塊土地的連結。當他點開手機為此事苦惱時,正身處文學所專任教師的面試現場,他也不清楚這是第幾次開缺了,反正最終肯定又是無人錄取。現在他和其他老師,就是來聽面試者暢談怎麼經營文學所、怎麼教寫作,這些人就只是來提供點子的,根本不可能錄取他們。

因為一股靜默,他的注意力從手機移回面試現場。對應徵者來說,給多少時間都不夠,他們上臺後不是都該滔滔不絕,就怕別人看不出自己有料嗎?怎麼今天的最後一位,問什麼都答不出來。主座的溫院長,看了下應徵者資歷,陳建任,成大中文所博士,但這個人研究文學理論卻連怎麼教文學理論都講不出來?蘭老師見狀又問了另一個問題:「你覺得教研究生寫作和教大學生有什麼不同?」對方大約說了十秒「我覺得」後,就又沉默了。接著全老師、善老師的問題同樣被如此對待。溫日初覺得奇怪,決定提點他幾句:「這麼說好了,我們對這個所的期許,不是中文所,也不是臺文所,這個所是要培養作家的,你用中文系、臺文系的想法,來思考這些文學的重要議題,當然不知道我們問你什麼。」

但他的提點,只是讓對方更慌張,像學生報告後晾在臺上等老師講評。他知道老師們現在肯定希望結束今天的面試:

「時間到了吧,沒有下一位了吧。謝謝陳老師。」

回想起來，昨天那場面試尷尬得不得了，就像是上臺演戲？可能嗎？院長室內，溫日初想不通昨天到底發生什麼事，私下打了電話給他。剛好人仍住在大直的旅館，還沒回臺南。

「我以為是錄取通知。雖然知道表現得很差，但還是有一點期待的。」電話中對方沮喪地說，「既然貴單位昨天面試完，已決議無人錄取，溫院長為什麼還找我碰面？」突然對方沒來由說，「唉，其實我和您都是土博士，只是溫院長的年代，大學教職比較好找，才能進藝術大學教書。哪像千禧世代好慘，頂大找一堆學生來唸土博士，但徵教職時都只要洋博士。」聽到這話，溫日初只能先隱忍，過去他在師培中心也安慰過許多教師甄試落榜回來找他聊天的學生，這對他並不困難。

「可能我也算半個中文人吧，知道你試教的優點，深獲啟發。」溫日初試著稱讚對方的試教，「尤其你介紹何謂純文學？」電話中他侃侃說道：

文學如何審美？文學作品的價值是如何分辨出來的？你說，文學的審美，關係到何謂純文學？接著你提出兩個作為判斷純文學小說的審美標準：

第一個：主題是否具有開創性？是否反映了當代人的重要議題？你舉了卡繆《瘟疫》、《異鄉人》、費茲傑羅《大亨小傳》中的綠光、喬治·歐威爾《1984》中的老大哥，證明偉大的小說都創造了某個關鍵主題的象徵。（報告溫院長，其實「歐威爾」是我家附近的超市。面試前幾天，我媽指定要喝阿爾卑斯山空運來臺的鮮乳，歐威爾是大橋最大的生鮮超市，那邊才有賣。買牛奶的路上，我就有了這次試教的靈感啦。嘿嘿。）

謝謝你告訴我這件事。一般我們會覺得詩與小說的關係很遠，不過昨天你卻說可以教學生「先將故事寫成詩」來提煉小說的主題，哇！這裡的切換好棒，不過你別到處說，小心點子被偷走。你的試教真的很精彩，請讓我說完：

你列的第二個文學小說的審美標準：敘事是否具有獨特的原創風格，並改變了文學史。你認為，文學的新穎、前衛，來自語文敘事的特殊表現。當然我們都知道1969年托多洛夫的研究著作《十日談的文法》（Grammaire du Décaméron）書中創造了「敘事學」（narratologie）這個詞彙。文學性明顯的小說，亦即純文學小說，總是帶有敘事技巧的革新，這裡你提到日本純文學小說的芥川賞、通俗小說的直木賞，兩者的判別標準其實十分清楚。一如芥川本人的小說，芥川賞主要頒給敘事創新的作品，現場你舉了林秀赫的〈皇帝之丘〉，小說採用臺灣文學從未見過的環形敘事，介紹他如何透過敘事技巧使故事產生

無限循環的效果。

最後你總結，回顧各種主義、文學思潮，都代表一種敘事技巧的革新，新精神必須靠新的表現形式彰顯，而不是只有故事內容上的改變。

「陳老師，面試時間短暫、倉促，雙方問答也像在賭注，肯定無法完整呈現一個人真正的能力。如果下次面試能以懇談的方式，細聊彼此的情況、需求、未來發展，這樣會不會更好？我們明天碰個面如何？」溫日初懇切說道。

「沒想到您如此肯定我，溫院長。回大橋之前，我願意和您小約一下。」「是，今天下午過去兩晚住在萬豪酒店，我媽希望我住好一點，面試表現也會比較好。」「明早九點大直客美多咖啡嗎？好啊，面試了一間學校，剛好遇上各校文學所的大開缺。」

「沒問題。」

隔天早餐，為表示禮貌，溫日初提早到客美多等候，幫待會碰面的這名年輕學者占位。手機點開 HamiBook，《文訊》468 期指出臺灣八〇後作家迷戀學歷，九〇後逐漸消退。「迷戀？喜歡研究被說成迷戀學歷？」他想臺灣有多少流浪博士？據臺師大黃涵榆

教授統計：每年臺灣職場新增三到四千名新科博士，全臺大學約聘教師的比例將近10％，教育部曾誓言要將比例控制在6％，卻未看到具體做法和成效。反觀自己讀過《流浪者之歌》，沒當過流浪博士，畢業就進入甫創校的城市藝術大學，一路從助理教授當上了全國唯一的思維藝術學院院長。如果說他人生有什麼貴人，就是林豪鏘校長吧。沒有他，就沒有文壇的W教授。這時候一個巨大的陰影來到他面前：

「這不是小車車，是我的行李。我剛退房，請溫院長包涵。」

對方拿著紙巾擦汗，很胖，無敵胖，回想面試時雙方隔了一段距離，還沒感覺他這麼胖啊。他沒戴眼鏡，裸露的眼睛像沒睡飽，或許從未睡飽過。他看的人多了，這個人說話的語氣、目光、穿著打扮，就像個流浪博士。行李箱上疊了幾捆打包的塑膠袋。髒衣服嗎？還是拿回家吃的剩菜？他憋住氣，不想再想了。

「先點餐吧。」溫日初禮貌地說。

點餐後，溫日初坦率告訴他：「很遺憾，面試的結果無人錄取。不過面試是有趣的經驗，尤其我對陳建任老師的試教，印象深刻。坦白說我最想錄取陳老師進來當同事，但提問的時候，你沉默什麼也不說，偶爾回答幾句，又像沒有回答，這讓我想錄取你，也心有餘而力不足啊。」

「溫教授,不是,該稱呼您溫院長。這是第一次有學校高層請我吃飯,謝謝。不瞞您說,我原本就對應徵不抱持什麼希望,這次的面試者中有我的恩師,當然以他優先,我也不好力求表現。只是你們開缺,我想我一定得來見見世面才行,難得有機會和貴校的老師們面對面互動。」

「哪裡,別這麼說,院長只是虛名。」溫日初想,原來是與自己的老師一起面試啊,怪不得裝啞巴,「你那位恩師的名字是?」

「我不好說是誰,畢竟恩師也沒錄取。」

「好吧。我們所之後還會開缺,歡迎你和你的老師,再投件過來。」都是來討口飯的,溫日初心軟不再追問,但見對方胖到一個人就坐了兩個人的位子,「作為學術單位主管,」搖搖頭,「像你這樣的人才,我真的不忍捨去。」說完後,只見對方誠惶誠恐起來,連帶紅色絨毛椅也像洩了氣。

「溫院長,不,溫教授,感謝您這麼看得起我,我也必須實話實說才行。其實我不做研究很久了,面試故意擺爛,還有另外一個原因。」

「你的活力朝食來了。好啊,邊吃邊說,別有壓力。」

博士畢業後,我到臺北當了幾年的兼任講師,卻一直找不到專任,加上政府鼓勵炒房,房租高得嚇人,我便辭掉工作,回大橋老家依親生活。那時我仍持續做研究,寄望未來能在大學教書,且老家有全國最大的大橋圖書館,雖然在南部,但查找資料什麼的都很方便。我的改變,其實是受到一家恐怖書店的影響。(「恐怖書店?」)對,那陣子我常帶筆電到「薄伽丘」書店喝咖啡寫論文,店長正是小說家林秀赫,溫教授肯定知道他的吧,就是「秀赫賞」那位秀赫。剛好今天咖啡店的紅色椅子,也讓我想起那家書店。

(我知道林秀赫,他曾提出一個哲學命題:「尼采之後沒有哲學家,只有文學家。未來只能透過文學作品表達哲學思想,不再有真正的哲學家。」在哲學界掀起蠻大討論,畢竟是來自文學界對哲學的挑戰。)

(溫教授,容我補充,秀赫老師是連同歷史一起批判的,未來也沒有歷史學家。他的觀點始終是「文史哲皆文學」,也就是「六經皆文」。過去章學誠提出「六經皆史」總結古典敘事的特質,那麼之後呢?現代敘事的特質是什麼?秀赫老師實際上是接續章學誠的工作。我畫給你看(在客美多面紙上塗塗抹抹):

古典敘事 ⬌ 六經皆史
現代敘事 ⬌ 六經皆文

（今天書寫歷史，實際上都是文學創作，「文學史」更變成一個以文學寫文學，類似克萊茵瓶的「文學迴圈」，一部臺灣文學史等同於一部小說，經典性被取消了，這也和我接下來要說的有關。「你不愧是文學理論專業。」「謝謝溫教授。」）

眾所皆知，店長是夜貓子，因此我常待到很晚。有天晚上我在書店寫論文寫到睡著了，店長來幫我蓋被子，醒來，發現已經是晚上兩點。一旁店長正拿杯熱茶看我筆電上的論文，他問我讀哪間研究所？我說成大中文所畢業，他說當年是舞鶴鼓勵他寫小說。畢業了嗎？那時我正在寫關於小說家黃崇凱的論文，我不疑有他，把研究上的想法乖乖地告訴他，畢竟他是有名的小說家嘛。正如同我現在告訴溫老師這些事，我也是非常信任您的。

「我還在修改，也在想可以投哪個期刊？」突然我把筆電轉向秀赫老師，冒昧說，「非常需要秀赫老師給我小說家方面的建議！」

「好啊，你剛睡覺時，我看了一些，正意猶未盡呢。」過了十幾分鐘，他耐心讀完

我的論文後說：「《文藝春秋》確實是一本不錯的小說，難怪獲得金鼎獎、臺北國際書展大獎的肯定。而且你也寫得很好，黃崇凱應該把你的論文也列在書末，與張誦聖、詹偉雄、駱以軍的專文一同並列。」

「可惜書先於我的論文出版了。但哪本書不是先於論文出版呢？嘿嘿嘿。」聽到知名小說家為我喝采，我也飄飄然有點不好意思。

「有啊，怎麼不可能？」

「你是說論文先於書出版？」

「怎麼可能有這種論文？」

「我相信你一定寫得出來。」

「我？」那時的我當然覺得不可能。

「我問你吧。」「你研究黃崇凱，你覺得他下一本小說會寫什麼？」然後秀赫笑了。

「你不用說出來，捫心自問就好。」然後他看著我，一直看著我，「你是說論文，預測那些臺灣作家未來會寫什麼，不就好了。」

「嗯。」我腦中確實是跑出不少想法，不過當時我什麼都沒說。

「你一定知道。」他又笑了。

「不不不,我什麼都沒說。但是,或許研究一位作家久了,就算猜中作家下一步要做什麼、未來會出什麼書。可是過程要怎麼立論?」

「你也可以寫成小說,不一定要寫論文啊。」

「也是,寫論文好累⋯⋯或是像朱宥勳的文學普及系列,引文和譯文,都不加註腳標明出處,讀者就不知道我其實用了哪些學者的原創觀點,寫起來輕鬆多了。但我就怕違反學術倫理,畢竟朱宥勳是圈外,而我是圈內⋯⋯」

「啊哈!總之,要比對方的書先出版。」

「那我該去哪找研究資料?」

「只要是作家,一定會不斷的在書中、在網路上,還有各種公開場合暴露自己的人生、自己的閱讀、自己的想法,以及交友圈。只要你認真蒐集,整個文壇就是你的田調場域,到那時候,所有的臺灣作家都是你的寫作素材,包括我,我們畢生的努力,也只是你的研究資料罷了。」

「我只是一個找不到教職的流浪博士,我沒那麼偉大⋯⋯」

「就像黃崇凱也是踩在巨人們的肩膀上完成《文藝春秋》,你也可以踩在我們的肩膀上完成你的作品啊。」

「我……」我那麼胖,又自卑,怎麼可能站在他們的肩膀上?

「你不寫,早晚也會有人以當代作家為素材,寫出下一本《文藝春秋》。還有什麼題材,比寫作家的故事更文學?」

「這……」說真的,我嚇到胖了。

「我想想,這本小說必須非常嚴肅,嚴肅到你提的那些作家擔心自己的文學史定位,而不得不回應你,這時候你就成功了。」

「噢……」又嚇了一次。但當下我其實無法消化他說的話。他看完我的論文,反而認為我非常有寫小說的天賦。

「出版後,邱貴芬那篇論文〈千禧作家與新臺灣文學傳統〉肯定得修改了,你的小說裡不只有臺灣前輩作家與作品的身影,更充滿當代臺灣作家與作品的身影。學界一定會重視你,到時候還怕找不到教職?」

「欸……秀赫老師,別害我啊。謝謝你告訴我這麼好的素材……」

「我只是覺得,文學是公平的,所有人都逃不過寫與被寫的命運。文學本身,就是審判。等你來審判我吧。」

「為什麼要對我說這些?」我終於提起勇氣問。

「緣分吧，我今晚遇到你，我們聊了這些。如此簡單。」他又幫我把背上的棉被拉好，說我在書店待多晚都可以，他願意陪我。

那晚雖然我得到許多意外的鼓勵，但我其實也沒把秀赫老師的話放心上，畢竟和我的現實相差太遠了。我繼續應徵沒下文，論文也繼續被退稿。就這樣過了幾年，小說家黃崇凱陸續出版《新寶島》《反重力》兩本小說，而創作的主題、筆調、參考哪些資料，還有最重要的高概念「大交換」，在那個神奇的夜晚竟全被我預料到了，我簡直不敢相信！還有怎麼寫藝術家，怎麼寫特務（畢竟有平路《何日君再來》、電影《竊聽風暴》等前作供我參考），一定會有人尻槍，連小說中幾個人物的名字，我也猜到了。我不得不相信秀赫老師的話：既然我有能力完成這樣一本超前之書，一本預言之書，為什麼我要限制自己一輩子研究別人？明明我就可以寫出一本臺灣文學史的近未來小說啊！

於是我回去「薄伽丘」，帶了媽媽精心準備的小禮物向秀赫老師表達歉意和感謝。告訴他，我不再迷惘了，一道曙光，已穿透我烏雲罩頂的人生。我鄭重告訴秀赫老師，我想寫的這部小說名叫《文藝青年》。

「真是個好名字。」他順手從桌上拿了張♥J給我，很高興我下定決心成為小說家，再次鼓勵我說：「記得你研究黃崇凱，國慶日那天他臉書不是介紹了《中年哲學》作者基

倫・賽提亞的觀點嗎？當前那些寫政治正確小說獲獎的小說家，就是追求〔改善性價值〕的成就，基倫就說了，他們的成功只意味著結束，而你以當代作家為素材的小說，肯定不會拿獎，還會被討厭，但這種追求卻是無終點的，意義更高的〔存在性價值〕的行為。就像查理・蒙格說過〔走正道，因為那裡人很少。〕你現在就是走在正道上，上帝一定會祝福你。對了，雖然這裡是恐怖書店，但《中年哲學》我們也有賣，送你一本。」

「可以請秀赫老師簽名嗎？」

「我？你是說，簽在春山出版的《中年哲學》上？但這並不是我的書。」

「只是想作為紀念。我也四十二了，很多大學的內規都不聘超過四十五歲的流浪博士，我知道人生有些事情已無可能，今後也不會再強求。但我只要讀這本書，就會想起秀赫老師您給我的鼓勵。」

於是他不只簽名給我，還將我升級為書店最恐怖的黑卡會員……

聽到這，溫日初不得不打岔，他可不是來聽這類男人之間惺惺相惜的故事，但他一時之間確實語塞，斷斷續續說：「你和林秀赫，聽起來像是小說家黃崇凱與學者詹閔旭之間的美談」「就是詹閔旭曾在《文訊》408期發表那篇〈文學瀕危時代的小說家黃崇

凱〉談他在找到專任教職前黃崇凱給他的各種鼓勵」「然後林秀赫也是這麼像大哥一樣呵護你，拉了你一把」「像他這樣提攜研究者的作家，未來你閱讀林秀赫的舊作和新作，能不會淪為提交給小說家的作業？」「你不會想起他幫你蓋棉被的那晚嗎？」「你的研究還有這本《文藝青年》，公正嗎？」

「這和你來應徵我們文學所的專任老師又有什麼關連？」早知道就別硬接話，他說完都不知道自己在說什麼，有力氣了。「這不正常吧？希望您別生氣。」回穩後，雙方沉默了一會。

「我懷疑過，你們和那些無良的廣告公司一樣，找應徵者來只是騙點子，面試問題就是公司目前的業務需求。畢竟貴單位已經連續四次開缺都無人錄取。」他吃完飯，似乎

「建任你誤會了，那是因為老師之間有不同意見。有老師初審時說，為什麼都沒有文學大師來應徵？我作為主管，聽到這話臉上就三條線，文學大師需要來應徵嗎？要他們上臺試教？而且文學大師大多沒有博士學歷，直接以專業技術人員聘為副教授，不用受升等的折磨，其他系所的老師會服氣嗎？」

「了解，謝謝說明。所以我才需要親自來田調一趟。」

「田調？」

「為了寫好《文藝青年》這本小說，我報名應徵好幾個文學所，因為面試被問的問題，

通常也是該單位教學和發展上的困境吧。當然應徵上也好,能就近觀察文學所內部的情況,也是不錯的。」

「所以你才選擇不回答?」他想,真的有那位恩師嗎?

「想來很不好意思。嘿嘿嘿,」他笑到肚子都晃動桌子了,「為了寫作,我需要收集你們的問題,而且我說得越少,你們就會問得越多,我能寫的就越多。當天幾乎所有老師都問過我問題,院長您還問了我兩次。」

「我是為了幫你圓場。算了,你的意思是,」溫日初覺得心臟懸空起來,像從海盜船的高點被往下拋,「我以為在面試你,但你其實只是把我們視為寫作的素材,出門來做田野調查?」

「嗯嗯,以上就是我來貴所面試的原因。」他補充,「以藝術創作的角度來看,我們共同完成一場行動藝術,彼此都有收穫。」

「今天碰面,也是你創作的一環嗎?」

「這倒是在我的計畫之外,溫教授可以自行定義。」

「溫日初早餐只吃了一半,所以不胖,高瘦身材,『穿褲子好看』是許多人給他的稱讚。」他想起林校長。眼前的流浪土博,腰間繫著這

「溫溫你太瘦了,胖一點比較有能量😊」

年頭少見的皮帶,儘管對方說的話讓溫日初發毛,卻抵擋不了他的好奇心:

「你以當代文壇為素材,想寫出下一本《文藝春秋》,甚至你也想好書名了就叫《文藝青年》。不錯,嗯。那你覺得我寫的詩如何?在你的這本小說中,你給我的文學史定位是?」

「坦白說,蠻高的。」

「哦?」

你第一本詩集《戶愚呂幻海》透過書寫動漫角色批判臺灣人虐殺兒童、空污肺癌、車禍地獄、政黨騙票等社會問題,都有寫到,如此積極入世,在當時的厭世詩風中橫空出世;第二本詩集《謝謝金魚眼》延續前一本動漫的世界觀,再加上個人的釣魚品味,書寫臺灣本土魚類與外來種魚類例如金魚,之間的血淚競爭史,這當然隱喻了原住民與渡臺漢人爭奪臺灣主權的歷史,也是漢人統治者不喜被挑起的。詩集最後一首詩〈崩壞金魚〉與村上隆的畫作彼此呼應,堪稱經典,可惜沒拿到那年《臺灣詩選》的「年度詩獎」。

這兩本動漫詩集,開創了頗具特色的「超扁平詩歌」,溫老師作為開山祖師,不管誰來寫臺灣現代詩史、臺灣新詩史、華文新詩百年選,肯定都有您一頁篇幅;但後來,咳

「在我心中，溫教授的文學史地位遠高於W教授。今天我也是基於尊敬詩人溫教授，才決定赴約的。」他雙手合十，寶相莊嚴地說。

「呵呵呵，是嗎？」溫日初笑得有點僵，嘴邊肉彷彿不見了。

「ご馳走樣でした。我還沒找到教職，無以回報，但想給您一個忠告。」他拿出7-11買的小包面紙，抹了抹油膩的嘴巴，「我在許多作家的臉書文章都看到你按讚，覺得您太常按讚了。接著胖胖的手指向服務員示意買單。文章要看完，看清楚，再按讚。」

「好，我會留意。」溫日初起身問他，「但你看不到我的臉書內容吧？我只開放給好友，你那本《文藝青年》對我的評價，不公允吧？」

「我只寫作家讓所有人看到的內容。這也是你們刻意塑造給讀者的形象，我的小說，還有臺灣文學史，寫這些就足夠了。當然溫教授也可以選擇加我臉書好友，讓我多了解

咳，你跟風，跟著寫白色恐怖詩、轉型正義詩，可能也是為了拿獎吧，畢竟揭露臺灣社會醜態的超扁平詩歌不受各大書獎青睞，尤其那幾個被你趕走的兼課作家，長期擔任書獎評審，也讓你得獎更加困難。現在你也如願拿獎，成為作家轉型成功的代表，只是這些詩就沒前兩本那麼經典了，郁永河那本有幾首還稍稍可以囉。說了這麼多，結論就是：

您。」他也起身，比身高一米八的溫日初還高大，從小皮夾中掏出兩張皺巴巴的百元鈔票，彎腰恭敬地說：「謝謝溫教授。」

「唉，你啊，選了一條最難走的路，我也期待《文藝青年》能出版。不然，我加你臉友吧，錢就不必了。」接著溫日初一把握住對方肥嘟嘟如放大版的嬰兒的手，竟感覺到一股溫暖。

然而在那場面試後，溫教授原本一帆風順的命運，突遭到某種風勢扭轉。

先是面對一堆公關災難。

他在得知安舒的遭遇後，主動打電話給安舒，告訴她：「創作是最重要的。無論今天發生什麼事，都不要放棄創作，甚至應該透過創作，釐清這些事。」安舒問溫老師，他覺得朱宜安是怎樣的人？為什麼當初要推薦她這份工作？「我只是單純推薦她，我覺得最優秀的學生。」他知道絕不能在這通電話中失言。安舒是少數他特別查過得獎資歷後決定錄取的學生，在筆試上為她加了許多分數。只是朱宜安就這麼管不住自己的情慾？這貨大概在文壇也上不去了。就這麼想拿「秀赫賞」？好笑的是，2024獎也開了，朱連入圍也沒有，還被主審林秀赫直接點名：

童偉格《拉波德氏亂數》書寫納粹大屠殺、朱宜安《帝國招募中》書寫臺籍慰安婦、黃崇凱《反重力》書寫白色恐怖,希望各位可以明白,這些書寫過去人類集體暴行的優秀作品屬於歷史小說,不是政治小說;必須是批判當下的統治者,才有資格稱作政治小說。勇於挑戰當權者,是政治小說唯一的道德。

再走捷徑啊,只會花更多錢請客吃飯買獎,上次吃感恩節火雞,就看她下次請什麼大餐;生活那麼優渥,慰安婦還在世的時候,幫助過她們嗎?等慰安婦走得一個都不剩才推出慰安婦小說?這算什麼?死後上香?算啦,至少比那些無視日本殖民罪行的臺灣作家好多了,看來《思維藝術》有製作一期「偽政治小說」的必要。雖然他很想在安舒面前開罵朱宜安,但這些他都沒告訴安舒。

「文壇不可能封殺妳,我們所就不可能,《思維藝術》隨時等妳來稿,更何況妳還是我們的創刊同仁。」

「是嗎?謝謝老師。」安舒電話中說,「感謝老師和文學所三年來的照顧,我非常懷念這三年,希望您也多多保重。」

「安舒怎麼了？」林校長也急忙找他來了解。他向校長分析，這件事對文學所不會有太大影響，畢竟學生已畢業，是作家間的糾紛。校長也點頭，「你是她指導老師，多多關心她吧，這些學生就像我們的孩子一樣。」

「我有打電話給安舒，要她別想太多。」

「好，我也請祕書室以學校的名義發篇新聞稿支持她；不夠不夠，還要以校方的臉書帳號回應那些假正義的霸凌者。」

「太好了。我代安舒謝謝校長。」他看校長的座位如此侷促，都是電腦設備，為什麼就是不要一個正規的校長室？

他剛走幾步，校長又叫他回來，「早餐吃了嗎？」

「還沒，校長要一起去吃嗎？」

「在臺南，老老店都叫牛肉湯，老店都叫牛肉清湯，年輕店都叫溫體牛肉湯，更年輕的店則叫本產牛肉清湯。加愈多字表示愈沒自信愈心虛。」接著沒來由說了一句：「溫，有時候我覺得，你才是文學所創辦以來最大的受益者。」

「校長，您怎麼這麼說？」溫日初驚訝道。

「沒事。我只是看了你的新書，覺得你的人和詩都過於緊繃，和我從那些最頂尖的

作家身上感受到的那種鬆弛感不一樣，你還有很多要努力。我知道你非常認真在當一位作家，但也不要離本業愈來愈遠。」

「謝謝校長。我也很需要別人提供我建議，任何方面。」

接著他的釣魚嗜好，也被整肅。

一向與他友好的藺老師，突然在院務會議上公開質問為何要用學院的經費購買「高價釣魚裝備」？平時又是誰在用？經過討論嗎？「到底釣魚和思維藝術之間有哪門子關係？哦哦，是指，小魚上鉤前的沉思訓練能激發藝文創造力？還是釣魚本身就是一種哲學？東西又去哪了？有人看過嗎？我也想帶學生去大湖公園釣魚。」

藺老師手上明明拿著財物清冊，知道就是他買的釣魚設備，卻故意裝傻，義正嚴詞地諷刺再諷刺。溫日初想，她和焦學時一黨了嗎？兩人都單身，有沒有男女關係？他們是怎麼串在一起的？不都是靠我進文學所的嗎？不管了，都是小事情。

為了擺脫這些晦氣，11月25日星期一，他和妻子各開一輛車載學生去宜蘭釣魚，先前該課程放假四週就是為了集中時數到這天，他最愛的「田野課堂」。中午的烏石港風平浪靜，晴朗的好天氣，長堤上他戴漁夫帽走在最前面，七位修課生跟在後頭，而妻子總

是走得慢，剛好可以殿後。突然，一陣瘋狗浪，他回頭只見滑手機的妻子，兩人面對面，中間七位學生連同公費買的高級釣具全被大浪捲落海中。他們夫妻想方設法救人，妻子在岸上報警，哭喊附近的釣友救援，釣友也紛紛拋出可以漂浮的用品；溫日初則跳下海，奮力救起一位女同學，其餘六位文學所的學生隨著海浪翻湧忽隱忽現。直到傍晚，只有一名幸運兒，抱著海上漂浮的活魚桶，撐到救援隊趕來的那一刻。其餘五名學生，已成為冰冷屍體並排在海灘上，等待家屬認屍。他的岳父直接派車將女兒接走，連開來的車子也不要了，留下溫日初一人面對家屬的憎恨、謾罵。他說不出話，全身溼淋淋，腦中一直想，11月了天氣還這麼好，卻突然來一個這麼大的浪，之前沒有，之後也沒有，就那麼巧？為什麼？為什麼他會說出釣魚可以培養寫作的能耐，是一種高級的心智磨練？為什麼他連這些學生會不會游泳都不知道就帶他們走到海邊……

記得本校校訓嗎？「萬物皆備，強恕而行」，期許未來的藝術家備萬物於一心，勉力創造前行。「強」這個字，虯也，本義是米中的小黑蟲，就是象鼻蟲，後來就成為本校的吉祥物。芬蘭AI藝術家廢紙浣熊（Trash Paper Panda）創作的《席勒象鼻自畫像》，理所當然成為大直美術館的鎮館之寶。你比我早進這間學校，這些話都是我剛到任時擔任師

培中心主任的你告訴我的。那時候我多欣賞你啊，曾以為會是永遠的革命情感。溫教授，噢，不對，你升級成W教授了。但不管是什麼教授，專任教師就是要與學生「同生共死」，怎麼你還犯這種錯？連那個散文家馬欣芬，都在臉書點名要你負責，之前你還瞧不起人家，現在她都要接臺北文學館館長了。

溫日初只是聽林校長說。

你現在的穿搭，那頂鴨舌帽，英倫雅痞，氣質油膩，不夠純粹。和我剛認識你的時候穿的日初T，差別真大。當然我不會說你像藝術家，畢竟我知道你是詩人。但現在我看你也不太像老師，你怎麼可以在上課時間帶學生去釣魚？對學生的安危一點警覺性也沒有？沒為學生辦保險，也未向學校申請校外教學，學務長也是家長打來，才知道學生被你帶去海邊。我不多說了，多說都是廢話。免職需要三級三審，我想不用這麼麻煩，你自請轉任客座，直到你找到新的工作吧，祕書室會發新聞稿說你在校內還有一些計畫尚未完成，還算是個理由，建議你接受。我只能說，去到校評會，不會有任何人替你說話。一次死了五個學生，幸運活著的兩個也退學了，文學所一屆幾個學生？

「七個。」

「一屆就這樣沒了！你以為高教工會想幫你這種人？這學期還沒結束你就帶學生去釣四次魚，你寫的課綱和實際上課內容根本不同，兩年來都在欺瞞校方，還挪用學校經費買高檔的釣魚裝備。學生來讀文學所，不是來陪老師釣魚的。到底釣魚對寫作的幫助是什麼？寫作需要的長期耐力和釣魚是一樣的嗎？你做過科研嗎？做過統計嗎？普魯斯特、卡夫卡、夏目漱石，怎麼鏘鏘認識的大文豪都病懨懨的？就連張忠謀也說他對中國文學的愛好起因於童年不善運動。你以為大家都是沈文程？釣魚就可以拿到金鐘獎嗎？或許真的有什麼幫助吧，但我想啊，你只是帶學生去做自己喜歡做的事罷了。這麼不喜歡當老師，就不要占據職位，勇敢的又寫〈小魚之歌〉拿到金曲獎，你也想靠釣魚拿到臺灣文學金典獎嗎？或許真的有什麼幫助吧；你若喜歡重訓，就會帶學生去重訓。這麼不喜歡當老師，就不要占據職位，勇敢的爬山；你若喜歡爬山，就會帶學生去爬山，離開，這才是作家該有的強大心智。

「是我的錯，我不適任，我辭職負責。」

「各位長官都聽到了吧。溫老師請辭了，我也同意了，幫他辦好離校手續。」文學

第一種　吃了再說

離職程序啟動，溫日初留在臺北城市藝術大學的時間，已進入垃圾時間。

這陣子他常回研究室收東西。學校在捷運站附近，即便婚後買車買房，在臺北他還是喜歡搭捷運。收好後，照習慣走去捷運站，這段路走了十幾年，光靠感覺，身體就能夠自己走。他抱著一箱東西站在路口的人行道上，低頭看裡面有什麼？書都僱人搬完了，還有什麼東西非得回來研究室拿不可？才剛整理過，怎麼一點印象也沒有？

所的會議室內，校長、兩位副校長、主祕、教務長、學務長，都在，儼然是一個非正式的校評會，「你辭職，還可以回家見你媽……；但那些孩子的媽，已等不到孩子回家了。」接著校長只是滑手機，完全不瞧他。

「日初，你有什麼希望我們幫忙的嗎？」教務長問，當初便是教務長找他來擔任師培中心主任。他懊惱為什麼這幾年，都忘了與老長官聯繫。

「等等我走出會議室，面對記者該怎麼說？」

「記者訪問你時，心裡都有底了。你只要按記者想要的回答，就可以了。」

島嶼天光下，他看清楚了，紙箱內是整套的路亞裝備：釣魚手套、捲線器、尼龍線、擬餌、收納包，以及他最喜歡用的小釣竿，那會讓他看起來像位智者。他釣魚先於寫詩，但寫釣魚詩闖出名堂後，不停尋找高大上的議題與釣魚結合，逐漸背離生命經驗，利用釣魚做了非釣魚的事，使釣魚不再純粹。那道大浪是釣魚之神對他的警告嗎？

一輛深紅色的全新輕量化跑車緩緩靠近。

「老師，還記得我嗎？我載您一程吧。」對方降下車窗。

「維琳？妳怎麼在這？妳和安舒不是都畢業了嗎？」

「我知道老師常搭捷運到學校，」她臨停下車，「所辦告訴我，今天您有來研究室收東西，想說就在劍南路站的路口等您。」打開後車廂說。

「好啊，那就麻煩妳了。」溫日初把一箱東西放上車，接著坐到前坐。「我住在中山國小站附近，靠近亞都麗緻大飯店。」

「沒問題。」車子重新發動。「還記得老師對我的第一印象。」

「哦？」

「因為我的名字很像詩人孫維民。老師又是詩人，開學那天就一直對我說這件事，

害我不去讀孫維民的詩都不好意思了。」

「對，因為我們是匿名申請、匿名筆試，和其他文學所不一樣，根本不知道哪個大作家會考進來啊。」

「我們所公平多了，如果像別的學校面試，我根本沒機會吧。大學從沒拿過文學獎，也沒有老師教我寫作。」

「妳們進來的那幾年，還真開心。」溫日初想起創所通過那天的校務會議，校長堅持匿名選才的經過。「我後來其實很後悔創文學所。」

「為什麼？」

「如果沒有文學所，那幾個學生也不會來讀，就不會跟我走到堤防上。」

「不能全怪老師，您其實也是那場悲劇的受害者。希望老師能早點放下。」前幾天盧思傲在香港得知老師的事，立刻在群組跨海號召同學和學弟妹站出來支持老師，告訴大家您如何愛文學、愛大自然、愛學生。」她見溫老師仍沉浸在悲傷中，「我們總以為，過世的人，還有很多夢想沒有完成，是一種遺憾。實際上，大部分的人繼續活著，真的能完成什麼夢想嗎？他們這麼早就離開人世，也還沒寫出代表作，年輕作者的消逝雖然遺憾，但對臺灣文學本身其實毫無影響。現在離開，代表未來的文學史也已沒有他們。就當作是天

擇吧，雖然這很殘酷。」

「不能這麼衡量，人生不是只有創作。」

「他們既然進了文學所、既然要當作家，就要有這種覺悟。不是嗎？幾年前生物學家賴俊祥為了研究山椒魚，不幸墜崖身亡，帶領他研究山椒魚的呂光洋教授有像您這樣被社會苛責嗎？沒有，大眾只會覺得那是場意外，這也反映臺灣社會其實瞧不起作家，不認為寫作是一項值得付出生命的志業。」

「我相信創作需要一種決絕，但這種事，大家都不希望發生，這世上還有愛他們的人，他們愛的人，他們聽到妳的話會很難過的。」

「不是所有作家、所有生命都會被看重。」她看向前方，音量卻大起來，「八八風災，小林村滅村474人被活埋，那些檯面上的大作家、網紅作家，有人提筆為小林村發聲嗎？幾乎沒有，整個文壇就只有蔡文章出版過一本《永遠的小林村》。蔡文章？誰啊？就只是個曾在小林村任教的國小老師，陳芳明《臺灣新文學史》有提到蔡文章嗎？其他人寫的臺灣文學史，會提這本書嗎？」

「永遠也不會提。我這麼回答，妳滿意嗎？維琳，我知道，這是妳家永遠的痛。」

他記得維琳入學的寫作計畫，就是關於小林村的回憶書寫，「但是，我」換維琳打斷他的

話:「老師,我走出來了。前些話,有些無情,只希望您能放下。」

「怎麼可能放下,五條年輕的生命,」溫日初眼眶泛紅哽咽道,「如果我不帶他們去海邊就好了,為什麼就那麼剛好⋯⋯」

「只希望學弟妹在天上能明白⋯為了創作,死得其所。從來臺灣文學最缺、最需要的,就是願意為臺灣文學付出生命的作家。以前課堂您常說,有徐志摩之死,才有現代詩人,新興的現代詩才能這麼快速深入我們心中。」

「不是這樣的!指導教授有責任為學生指出一條生路!」

「這就是我欣賞老師的地方,」她邊開車,邊抽面紙遞給老師,「之前我和安舒還在文學所的時候,就覺得您是真心關懷學生,而且我發現您對安舒沒有異心,她那麼漂亮。不像一些老師,還有文壇一堆豬哥,幾年前臺版 #MeToo 不是爆了好幾位嗎?總之,也讓我更敬佩您了。」

「在我眼中妳們都只是小朋友。」溫日初勉強笑了,「但我真沒想到,會有學生私下留意這種事。可能我真的不適合當老師吧。」

「老師很像詩人。」

「校長也是詩人。」溫日初笑說,「我跟他像嗎?」

「老師不覺得,林校長是一位非典型的作家嗎?」

「是啊,校長真的很特別。」想起和林校長相處的這五年,溫日初不自覺又笑了出來。

「他都把我開除了,我竟然還覺得是自己虧欠他。到最後他還想把我轉為客座,給我一條後路。只是我不想再教書了。」

「您跟著校長創文學所,一路到今天。辛苦了,我可以理解。」

「今天妳特別來載我,到底想說什麼?」他自嘲說。

「老師不愧見過大風大浪,直接把話說開了。」

「以前妳是經濟不利學生,但現在,」他看了周圍,「妳開的車也太貴了。」

「出社會,開始賺錢了嘛。」

「我得罪過妳嗎?」

「當然沒有,我說過了,老師給我的印象很好,完全不用擔心。但感覺老師已經有PTSD。之前我打給安舒,她也是這樣,很敏感。還刪我訊息。」

「妳到底想幹嘛?」

「老師覺得我們現在要去哪?」

溫教授看向窗外,只顧著說話,未注意到車子不是往他家的方向。

「忠孝東路？南港？」

「對，左邊是臺北流行音樂中心，結果整排都賣酒，」她深嘆口氣，「唉，以為喜歡搖滾樂的人都愛喝酒嗎？這社會和我小時候相比，根本沒變多少。」

「妳要載我去哪？」

「老師有沒有想過，大海為何帶走您的學生？」

「我不敢想。」他頭往後靠，「閉上眼，就會想起那一幕。也不釣魚了。」

「我在想，會不會，大海希望您去一個更遼闊的地方。」

「什麼地方？」他看向天空，12月了，竟然還有夏天的雲。

「如果老師改到中研院上班，籃球的垃圾時間，就變成大魚上鉤前的等待時間了。」

「我想幫助老師，讓現在那些嘲笑您的人閉嘴。」

「中研院？」

「是的。二十年前，差不多2002到2004，楊牧出任文哲所首任創所所長；老師也即將到中研院創辦臺灣文學創作所。」

「可是中研院不是有臺灣史研究所了嗎？」

「是有，但遠遠不夠，還需要一個臺灣文學創作所，這也是未來的趨勢。草創時期，

非常需要藉助老師的經驗。」

「妳現在在中研院工作?是哪個研究員要妳來接我的?」

「都不是,但之後老師就知道了。」

「好好。謝謝維琳,繞了這麼大的圈,想辦法逗我開心。我心情有比較好了。到中研院再創一個文學所嗎?嗯,當初林校長找我,我的第一個念頭其實很單純。有時我會懷念童年拿起書就看的時光。但臺灣的教育制度將升學與閱讀綁在一塊,造成一代代的學生以為閱讀就是這麼痛苦,畢業後瞧不起老師,尤其是與閱讀最相關的國文老師。妳也知道,不少作家都公開討厭他們的國文老師,成為作家竟然是他們向國文老師證明自己的方式,不覺得這樣的寫作者很可憐嗎?所以我在師培中心的時候,一直告訴師培生,以後教書要想辦法讓學生找回喜歡閱讀的自己,將閱讀與升學分開。林校長找我幫忙,我當然全力支持,閱讀與寫作本來就是一體兩面,不是嗎?」兩人等了一個很長的紅燈。

「老師,您說的我都認同。但我沒有開玩笑。」

「沒關係、沒關係,妳開車,我也不急著回家。我想想南港可以吃什麼。」

「師母還好吧?您打算簽字嗎?家世這麼好的太太,老師捨得嗎?沒有孩子,她當然想離就離。但如果告訴師母,您改到中研院任職了,她肯定會高興地留下來。」此話一

出,溫日初頓時啞口無言,他太太確實提離婚,他想有錢人家的小姐怎那麼天真,離婚能解決什麼事?但這類家醜他未告訴過任何人,尤其這件事昨晚才發生。

「妳怎麼知道我太太要離婚?妳究竟是誰?停車!」他作勢要解開安全帶。

「老師請冷靜,我不是要激怒您。維琳只是要證明沒有開玩笑,是真的要邀請您到中研院創辦臺灣文學創作所。這個所,研究員的工作就是文學創作,而不是研究文學;訪問學者則是國外請來的作家,博士後研究、博士候選人,也全部都是作家,共同目標就是創作出優秀的臺灣文學作品,由國家來催稿,執行的計畫案當然也必須與此相關。」她看老師姿態似乎放軟了,應該不會跳車吧?「創辦及經營一個文學所,正是您最擅長的。事實上我也是就讀文學所期間,聽您的課,受您影響,才有在中研院創辦文學所的想法。當然,那時候,您還沒帶學生去釣魚。」

「是更高層的人派妳來的嗎?」他冷靜想想,「那我就看妳葫蘆裡賣什麼藥。妳要我相信妳,我也希望妳能透露給我更多正確的訊息。」

「目前已經有不少新世代作家在中研院當助理、當博士後,多位研究員也積極參與臺灣主體性的建構,這些都是未來臺灣文學的主力。一切資源都在往中研院集中。老師常看臉書,相信能嗅出端倪。」

「有什麼理由非我不可？」

「從高端的理論研究，到最親民的小編行銷，都是建構臺灣文學的基礎工程。網上帶風向還算簡單，只要給一些政府標案或者官辦藝文單位的頭銜，作家們就會積極幫忙；更多時候什麼都不用給，餵養意識形態就好。但最重要的作品產出，得仰賴您到中研院創設文學所了。」

「不是還有臺灣文學館嗎？他們設置創作型研究人員，就可以聘作家了。」

「今年5月臺文館因為抄襲中國插畫家作品，還拿出偽證，已經不行了，名聲臭了。林巾力館長也因此遭撤換。」

「也是，妳繼續說吧。」他想到以前維琳在他課上其實很安靜。

「邱貴芬教授說過〔傳承臺灣文學〕是千禧世代臺灣作家一個普遍的創作姿態。現在〔主張罷免不適任立委的臺灣文學作家連署聲明〕也出爐了，好多知名作家；一些原本不表態的，也搭上這波熱潮，共同努力維護臺灣文學的命脈，傳承前輩作家的精神與勇氣。但長年為本土陣營發聲，已耗費他們許多力氣，我擔心他們創作上無法勝過大橋那批人，所以需要老師培養更多年輕作家，為臺灣文學注入新活水。」

「大橋的作家不也是臺灣的作家嗎？如果崛起，最多只能說是典範轉移，就像六〇

年代的現代主義、七〇年代的鄉土文學，之後又陸續出現都市文學、網路文學，一直到今天的網紅作家、晚安詩。沒有那麼嚴重。」

「在臺灣寫的東西就是臺灣文學嗎？誠如評論家朱宥勳說的⋯⋯文學是民族的精神，文學史是建立國族認同的歷程，文學史觀也許就是對自己國家靈魂的自信。這理念，溫老師也認同吧？」

「嗯，就文學與國家的關係而言，這是放諸四海的標準。」溫日初謹慎說。

「作為一位臺灣作家，就必須如小說家楊双子所說的⋯⋯擁有身處於臺灣文學史之中的自覺。老師新近的詩集不也深具臺灣主體意識？」

「對，沒有錯，不必控制文化人，文化人天性就會愛臺灣，因為臺灣是我們的舞臺，登場與謝幕你都必須感謝它。」他想起維琳的畢業作品《臺灣文學使用指南》，一本關於「文學經濟學」（literature economics）的非虛構報導。身為指導老師，當時他和維琳整理出當代臺灣作家與政府之間的互利共生結構，由錢追人，列舉多位作家實例給有志於文學者參考。這些案例不外乎：如何拿到創作補助？如何開公司取得政府標案？如何爭取合理報酬？如何操作政治對立成為網紅作家？擔任小編、顧問、文膽、幕僚，如何突破寫作者的同溫層，接任局長、部長、祕書長，提供遠見，維持創作環境的良好體質，繼續哺育

新一代的臺灣作家。難道畢業後她仍在持續深化、持續想像這個題目？她想把臺灣文學這門生意推演到什麼地步？

「臺灣文學的山頭，也就學界常講的脈絡，朱宥勳說的文化英雄榜，其實說穿了就是大家都不喜歡提的那兩個字：道統。這道統就是老師上課介紹過的亞里斯多德的「形式因」，決定了臺灣文學的本質屬性。就像一個人的生理系統、重要器官，都是固定的，不可能再改變了。臺灣文學史的重要作家早已決定是那幾個人了，過去是，現在是，未來也是，就是這幾個人決定臺灣文學的基調、本色、路線，容不得外人置喙。」她右轉研究院路。

「那麼這份臺文道統、臺文英雄榜，誰是決定形式因的人？」他習慣向學生提問。

「從新文學之父賴和開始，楊逵、葉石濤、鍾理和、鍾肇政、林亨泰、楊牧、半個郭松棻，一路下來，形成臺灣文學的道統，只要動搖，就沒有臺灣文學了。可惜楊牧走得太突然，尚未形成共識上的新領袖，吳明益、賴香吟是最有機會的；但一位被臺灣文學金典獎指出小說人物刻板，另一位則移居德國遠離臺灣這塊土地，這段真空時期，也讓大橋那群人趨勢崛起。」

「確實是無可取代的名單，但怎麼沒有紀弦？」還有什麼叫半個郭松棻？

「紀弦是上海的現代主義詩人，成名於上海，之後才來臺灣，他不是臺灣本土詩人，所以我用林亨泰取代。我知道老師的困惑，但就像很多歐美詩人也對臺灣詩壇產生影響，難道都要列入？」

「好吧。」他猶豫，像這類幫忙過臺灣文學的外人，反而更加令人欽佩和珍惜不是嗎？會不會有一天自己也不被視為臺灣作家？下一本書他得證明有原住民血統才行。

「如果老師進中研院創辦文學創作所，第一要務是什麼？」

婚前他曾到這附近看房，在房仲帶他走進那棟高樓層的〔中研之星〕前，他從沒想過俯瞰中研院也能成為一種風景。

「我從沒想過會被學生面試欸，」但他確實想過這問題，「聽好了，我會授與重量級臺灣本土作家院士頭銜，將文學創作視為一種學術專業。」

「這點子好棒，」她興奮地按了幾聲喇叭，「不愧是享譽文壇的W教授！老師是創所所長，地位堪比楊牧，要給哪些作家擔任院士，就由您穿針引線吧。」

他也笑了出來，鞠躬下臺竟變成華麗轉身，以前他都嘲諷那些官員是打不死的蟑螂，痛恨人民的選票永遠淘汰不了這些寄生政黨的爛咖，沒想過自己竟然也是這類的天選之人。溫日初又想起宜蘭那道浪，自己是被命運擊倒，不是

被其他人擊倒。

沒有人可以將他擊倒。

「老師還關注林校長的臉書嗎？校長剛入選世界頂尖資訊工程臺灣百大科學家，還獲頒工程教育傑出研究獎，是全國唯一獲此殊榮的學者。」

「嗯，我知道，如果是科技藝術家，就更名列前茅了。」

「我覺得您被校長利用了，校長的目的就是〔大橋大直・南北連線〕，在臺北建立據點，宣傳他們的文學觀，將大直變成臺北的大橋。」

「不到利用吧？」如果維琳的話屬實，未來他和校長就站在對立面了。

「今年是臺南建城四百年，臺南作為臺灣現代文明的起點，卻出現這樣一批非典型作家，還不停向外擴張勢力。如此關鍵的一年，政府再不拿出作為，不只掉票，臺灣文學的路線也將會被大橋那群作家徹底轉向。」

「林校長確實深受大橋的影響，把他歸類為大橋派作家也不為過。但我想提醒妳，基本上學界都認同林校長是臺灣AI生成藝術的一代宗師，這是他的實力。不過妳繼續說吧，我也想知道妳的完整想法。」

「容學生說給您聽。如果讓大橋那批作家繼續坐大，這將是臺灣文學在臺灣這座島

上第三次居於劣勢。眼看臺灣文學就要發展到最完整、最成熟的階段，卻可能因此衰退、中斷，甚至滅亡；我們將是臺灣文學的最後一代。」

「有這麼嚴重嗎？臺灣早就民主化了，創作應該更多元才對。妳今天一直說些很誇張的話。」他好奇，「哪三次衰退？」溫日初留意到，維琳直接開進中研院而非停車換證，她真的在中研院工作。

「第一次是日本殖民統治，造成臺灣人的語文成為次等人的語文，強迫以日文創作，臺灣文學只是日本文學的內地延長；第二次是國民政府遷臺，中國白話文學成為新文學創作的美學標準，影響之大，至今我們仍然使用中國白話文創作，也與中國文學糾纏不清。現在正步入第三次衰退，而這次是臺灣文學內部自己人叛變，要把臺灣文學變得不再是臺灣文學。他們會摧毀臺灣文學。」

「妳的意思是，大橋那群作家是臺灣文學體制內的Bug？」他發覺林校長、寫《文藝青年》的流浪博士、假冒臺北人的學生安舒，還有討人厭的焦學時，都與大橋有地緣關係，他認真覺得不太對勁，「大橋那些人到底想做什麼？」

「不愧是老師。現在起必須發起一場文壇的轉型正義，用更大的民主將這些系統錯誤從臺灣文學中 delete 掉，重新拉回賴和、楊逵、葉石濤、鍾肇政、楊牧等前賢指引

的正確軌道上。臺灣文學就像一朵壓不扁的玫瑰,為了繼續創造新的歷史,遏阻臺灣文學發展道路上的潛在風險,中央有必要調度資源成立臺灣文學創作研究所,集中力量瓦解這股地方勢力。」

「妳到底要除去誰?」

「臺南大橋有三個人對臺灣文學的危害最大,他們不只是臺灣文學的敵人,他們是全臺灣的敵人,一定要把他們從臺灣放逐出去,絕不能讓他們敲響臺灣文學的喪鐘。」她停車了。

「所以是誰?」

記憶學派創始人袁秀波

提思智能執行長哀思綺

以及小說家林秀赫

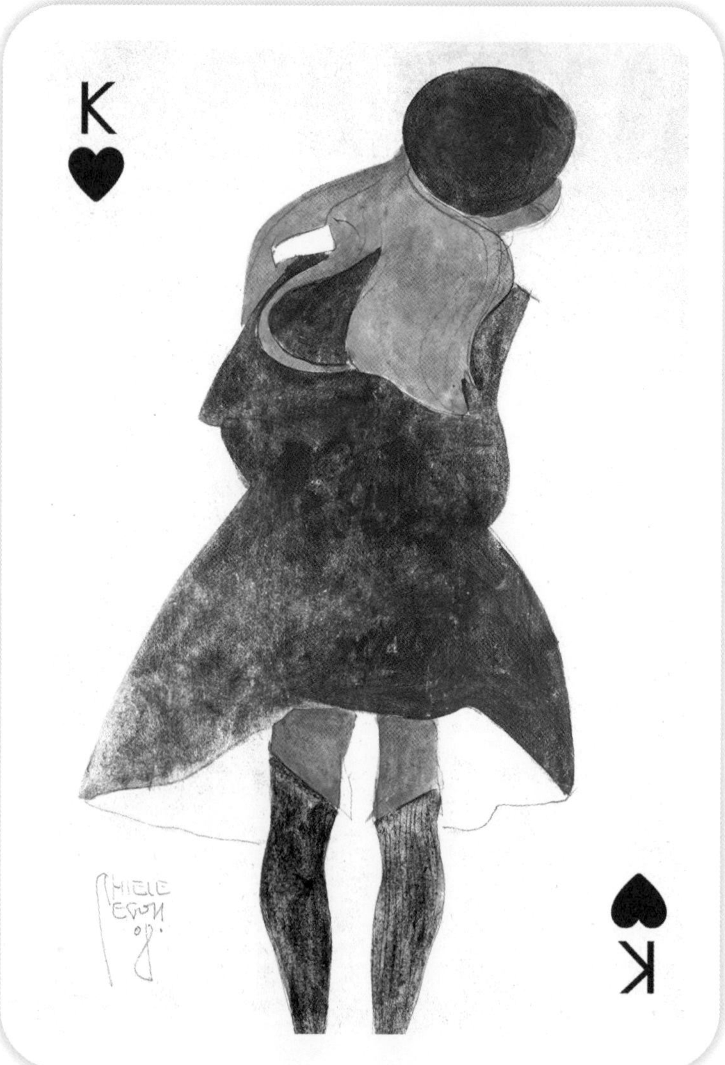
K
K

萬籟俱寂

日子綠起來了。

這是一座剛落成的公園城市,開深綠、淺綠和橄欖綠的玫瑰花。
綠街。
綠屋。
綠馬車。
而滿載情書的郵政飛機之舞使風和空氣都綠了。

──紀弦〈綠三章〉之一

很久很久以前。

臺灣首屈一指的財閥「森美集團」，第三代會長森景澤和夫人裴秀美定居臺南虎山的歐式莊園，這片府城僅剩的森林，幸運作為森美集團的總部而被保留下來。他們常從家中望向廣袤的虎山森林，感慨地說：「但願我們能有一個孩子。」多年來終究落空。

某日，會長夫人邀請閨密們到別墅喝下午茶。眾人帶來一個湖水藍的盒子，拆封後是一件青蛙造型的藝術品以及使用說明，原來是藝術家魯恩仿效西方傳統「爪蛙驗孕法」所製作的新型驗孕棒，透過牠，夫人很快發現自己懷孕了。

會長夫人順利生下一個女兒，當日全臺股市大漲，會長更是開心得不得了。決定在女兒滿月那天舉辦一場盛大晚宴。黑夜裡，政商名流都到齊了，尤其是會長夫人最親近的十二位閨蜜。這十二位名媛不但帶來給小公主的禮物，還分別送上一句吉祥話，依序是：美麗、聰明、富貴、善良……等世人都希望擁有的東西。當第十二位名媛正要開口祝賀之際，一名未受邀請的瘋女人突然現身晚宴會場，她曾是夫人最貼己的好友，經營不善破產，而被排除在好友圈之外。窮閨密看現場布置了滿坑滿谷的粉色系玫瑰，淒厲叫道：「我說這賤種十五歲那天！肯定被一朵要命的玫瑰刺傷，就倒地死了！死了！」保全架走她，她掙扎吼叫，聲音迴盪在大廳內漸行漸遠。在場賓客無不交頭接耳，這時多

虧第十二位名媛很快回神，為化解尷尬，她舉起酒杯，大聲笑說別急別急自己還未送上祝福：「小公主雖然倒下了，但她才沒有死呢，等她睡醒就沒事啦。」

然而會長依舊擔心，為避免愛女遭遇不幸，他立即下令森集團及底下的80家子公司和法人機構，包括全球300個辦事處，一律禁止玫瑰進入公司；旗下的「森傳媒」開始報導玫瑰具有強烈的神經毒素，已被提煉為新興毒品；「森美醫學中心」同樣召開記者會呼籲民眾「玫瑰真的有毒」，香味和毒刺不僅擾亂兒童內分泌，還會造成早發性失智與各種可怕癌症，建議能不接觸就不要接觸；緊接著，行政院公告玫瑰為罌粟等級的有毒植物，禁止種植和販售，相關農產品全部銷毀；各大學校長也攜手社區里長合力清除校園與公園裡的玫瑰，民間環保團體更自動發起清山活動，為了下一代，誓言將野生玫瑰連根拔除。不出三年，曾經作為情人節標配的「玫瑰」正式從臺灣滅絕。但還不夠徹底，只要我們記得玫瑰，玫瑰就會再次生根，何況東亞這塊地方本就是玫瑰的起源地，這讓森會長害怕。於是「森文學」迅速展開動作，將名稱有「玫瑰」二字的智慧財產作品全部買斷，圖書館的相關書籍、串流平臺的相關影片一律下架；就連其他書中的「玫瑰」也被找出來以其他花卉名稱取代；手機中的相關儲存也被客服遠端刪除，從此真實世

界與虛擬世界再也看不到「玫瑰」，集團正式宣告「媒介記憶」（media memory）中的「玫瑰」已清除乾淨。

隨著時間過去，名媛們的祝福一一在這名幸運的女孩身上應驗，她果真非常美麗、聰明、富貴、善良，凡見過她的人無一不疼愛她，就算沒見過她的人也都知道森美集團的千金是一位不可多得的好女孩。她如同這個國家的公主，獲得全國人民的喜愛。沒想到青春期之後，臺灣多年來的嚴重空污，造成麗婭對空氣中瀰漫的 PM2.5 過敏，每晚誘發極癢的蕁麻疹，也讓她成為一位重度失眠者，必須服用安眠藥才能睡著。憂愁的父親責問旗下的醫療團隊：「難道只能離開臺灣？」為了解決森小姐的睡眠障礙，森美集團的頂尖研究人員紛紛提出對策，針對食物、飲水、環境、空氣、光線等進行調整，期盼消除過敏原，讓小公主一夜好眠。會長深信科研才是給孩子最珍貴的禮物，而不是錢買得到的東西。經過多次實驗，研究團隊篩選出幾個無毒可行的方案，最終開發出一款全新升級的醫療級空氣清淨機 Spindle，擁有十層濾網並配置負離子發射器，有效濾除 99.99 % 以上的奈米級病毒、細菌、過敏原和有害氣體，紡錘形的機身設計能產生強勁的渦旋氣流，深入居家每個角落，更快、更遠、更精準，零死角的淨化空氣。尤其 Spindle 所製造的微米抗菌揮發

性有機化合物，類似森林裡的芬多精，既能穩定空氣品質，更能激活副交感神經，讓人全身放鬆，安然入眠。

麗婭十五歲生日這天，一個人在偌大的莊園內醒來。用完午膳，她到處走，想看看各個房間。她走上優雅的螺旋梯，偶然來到一扇古老的綠色大門前，門留了縫，過去門一直是鎖著的，裡面是一間她從未到過的大房間。

一進門，右邊牆上銘刻詩人里爾克自題的墓誌銘：「玫瑰，噢純粹的矛盾，甘願無名，深眠在朵朵花瓣下。」左邊的歐式實木書櫃上則是與「玫瑰」有關的文學書籍，她逐一點名：楊逵《壓不扁的玫瑰》、北島《時間的玫瑰》、張愛玲《紅玫瑰與白玫瑰》、王爾德《夜鶯與玫瑰》、福克納《給愛米麗的玫瑰》、艾可《玫瑰的名字》、董啟章《名字的玫瑰》、王禎和《玫瑰玫瑰我愛你》、蔡智恆《夜玫瑰》……她發現所有書都與「玫瑰」兩個字有關，但她不認得這兩個字，更不知道這些作家原來寫過這些書。

往前走，她來到父親的祕密美術館，欣賞了牆上一幅又一幅世界名畫，雷諾瓦、夏卡爾、塞尚、達利，讚嘆之餘，每幅畫裡頭都有一種她從未見過的美麗植物。最後她停在一幅梵谷的油畫前，「購於2024年富邦美術館《梵谷：尋光之路》特展……」她剛讀

出畫框下的文字，老女僕便急忙站到她身後。

她問老女僕，這美麗的花叫什麼名字？

「親愛的小姐，這是玫瑰。」

「玫瑰……花？我怎麼沒看過。」

「這是因為，臺灣沒有這種花。」老女僕想起森小姐出生時的詛咒，這些畫都是會長從世界各地蒐羅過來，打算集中銷毀，卻始終下不了手。

「為什麼臺灣沒有玫瑰？」麗婭問。

「會長在找您呢。」老女僕說。

離開前她隨手從書架上拿了一本聖修伯里的《小王子》。

麗婭回到臥房，只見爸媽都在。爸爸像是要給她驚喜般推出一臺全新的家電，媽媽帶女兒坐到床邊，示意她按下開機按鈕。雖然不解，她仍伸出手指，正式啟動 Spindle。

彷彿一聲嘆息，機器開始運轉。

「空氣變得好清新。」麗婭深吸一口氣。

「而且對睡眠很有幫助。妳午睡一下，爸媽來張羅晚上的生日派對。」夫人說完親

了寶貝的額頭，和先生滿意地走出房間。

留在房間內的麗婭逐漸產生睡意，旋即倒在床上睡著了。會長和夫人剛走到大廳也坐在沙發上昏睡過去。別墅裡所有人都和他們一樣睡著了，馬廄的名馬，院子的薩摩耶，走廊的加菲貓，屋頂上的鴿子，牆上的蒼蠅，甚至暖爐裡燃燒的火，都靜靜地睡著了。廚房裡，正在炸的肉也不響了。這種睡意傳染到鄰近的森美集團總部，辦公室的各級主管、職員、警衛都在工作崗位上睡著了，總部中央的噴水池也如寶石靜止般閃耀。風平息了，虎山森林的葉子不再搖動，飛行的鳥兒從空中墜落，當地的草鴞、石虎、穿山甲、食蛇龜都睡著了。不到一天的時間，睡意竟蔓延到了臺南市區，趕著下班的成年人、下課打球的學生，補習班、火車站、育樂街、國華街、大東夜市、大橋圖書館、南紡購物中心、南部科學園區、臺積電都睡了，每個人都在睡覺，靜悄悄的沒有任何聲音。臺南睡著了，接著高雄、嘉義、屏東也睡著了，那股清新的睡意不斷蔓延到中部、東部、北部縣市，沒有人知道發生了什麼事，但就是睡著了。總統與高級官員也在準備撤離的空軍一號上呼呼大睡，機場的飛機，高速公路上的車子，港口的漁船、貨輪，一棟棟的房子，都像玩具般擺在原地。臺灣整個睡著了，深深淺淺躺在大海的搖籃裡。

各國很快發現臺灣不對勁，陸續派遣搜救隊前往，救災畫面也搶在國際媒體上曝光。

只見救難人員剛踏上臺灣沒多久，便一個個倒下，正在連線的ＣＮＮ主播敏銳地覺察到：「你們聽，打呼聲，這些搜救隊員睡著了？」其他媒體也不斷回放日前臺灣各大直播主突然睡著的畫面。船隻不敢再靠近臺灣海域，聯合國也立即將臺灣上空列為禁航區，因此即便臺灣政府早已覆亡，卻沒有任何國家願意派員接收這座島嶼。

往後國際不再允許任何人登島，世界熬過了一段沒有臺灣的日子，不過當「臺灣製造」被新的產業鏈取代之後，有沒有臺灣也不再重要了。幾年後鄰近各國又開始對這塊地方感興趣，派遣無人機到這座沉睡之島拍攝，只見原先的城市長出濃密的森林，空氣中的懸浮微粒密度更是全球最低。無人機吊起幾個路倒的沉睡者回去研究，試圖喚醒他們，幾番嘗試無果之後，決定動刀解剖。解剖報告顯示，除了睡著以外，這些臺灣人的身體沒有任何問題，未檢測出化學藥劑和病毒感染，然而時光在他們身上就像是靜止般進入無止盡的冬眠。

福爾摩沙到底發生什麼事？吸引了世界各國的探險家前來，那些曾攀上聖母峰的人也來了，卻都在登島之後可憐地睡著，即便身穿防護衣，也只是延緩入睡的時間罷了。

一百年後，終於有名男子來到虎山。他看向白色圓頂，四周高聳的玫瑰如同築了一

道道厚實的城牆包圍了森美集團總部。他身穿新型的太空衣，撥開一層又一層的玫瑰籬笆，這些植物的刺都傷不了他。彼時人類早已登陸火星，卻對地球上的臺灣島一無所知，他覺得實在太荒謬。兒時他很喜歡一本童書，傳說島上有座被玫瑰纏繞的皇宮，宮裡有名美麗的玫瑰公主，她已沉睡百年，島上所有人也和她一樣睡著。儀器顯示，這座島嶼充滿某種讓人昏睡的「特異型芬多精」，濃度最高的區域即是這座標高21米的虎山。他認為這裡就是一切謎題的核心。

來到皇家庭院，他看見幾隻純白的薩摩耶犬躺在草地上，馬廄的馬站著睡著，屋頂上蹲著閉眼沉思的鴿子。走進皇宮，蒼蠅在牆上動也不動，大廳躺了好幾個人，從穿著判斷，有十幾名僕人，一名高級管家，沙發上那兩位看似國王和王后。他感嘆道：「這些人都沒有腐化，恐怕連細菌也睡著了吧。」他繼續往前走，跨過一隻打呼嚕的貓，經過一幅又一幅世界名畫和精美的雕塑，一切都非常安靜，只剩下自己的腳步聲，最後他打開「玫瑰公主」的房門。

她如此美麗，躺在床上睡得香甜，一旁紡錘形的空氣清靜機仍持續運轉。按照童話的結局，王子親了公主之後，公主就能醒來，一起過著幸福快樂的日子。眼看他即將完成從小到大的夢想，但臺嘈雜老舊的機器，靜靜看著沉睡的公主，聆聽她的呼吸。他關掉這

這是一場沒有科學根據的賭注，一旦暴露在臺灣有毒的空氣中，很可能只要幾秒鐘的時間，他就會永遠睡著。不過，這正是他冒險來到這裡的原因，他年紀已經不小，五十五歲的老皇儲，垂垂老矣的父親還不想傳位給他。他不在意權位，卻害怕自己有天也會像父親一樣蒼老，然而睡著的人從未老去。最後他拿下玻璃頭盔，在睡著前吻了她臉頰，長伴在她身邊。玫瑰再次吞沒這座白色的皇宮。

儘管 Spindle 停止運轉，百年來產生的人造芬多精早已污染島上的植物。福爾摩沙這座壯闊的亞熱帶大型島嶼，無以計數的龐大植物群，吸入吐出，分分秒秒以我們難以想像的方式，進行變異的光合作用，釋放更巨量使生物睡著的芬多精。縱使海洋阻隔，終究擋不了這些植物擴散，小小的果實飄洋過海，在遠方落地生根，也讓當地植被發生變化，不斷蔓延出去。曾經世界各國慶幸臺灣是座孤島，現在卻已經來不及。西太平洋上零星的小島進入夢鄉，越來越多沉睡的島嶼散落在海上，終於有塊臨近的大陸也跟著睡著了。

很久很久以後，地球整個沉睡。

我繼承了一座我很少去的幽暗森林
但死者和生者交換的那天終將到來
森林將動起來
我們不是沒有希望

——特朗斯特羅默〈牧歌〉（陳文芬譯）

【後記】赫托邦：大橋文學史，或一部殘酷的臺灣文學史

這是我的第一本「自畫像小說」，簡單來說，我書寫虛構之我，更在故事中扮演重要的角色。我所定義的自畫像小說，不同於私小說與傳記小說，盼讀者可以分辨當中的區別。小說提到我在大橋的家、我的經歷、作品、親友，都是現實之我的縮影，但我不是在小說中放入私史，也無意寫自傳，我不是以自身情感經歷為中心；我想做的，是在小說中重新描繪我自己，以文字為筆觸，掀開內心深處的騷動，觸碰「我是什麼」的根源問題，探索「我之可能性」，畫出心中那清晰可見的痕跡，同時為畫中我所在的世界，另立一個全新的臺灣文學體系。這都是受史實限制，以情感為基點的私小說、傳記小說、偽文獻小說無法企及的。。席勒對自畫像的開創，或能代表我自畫像小說的想法。

我寫小說習慣先在腦中構想，想清楚了才動筆，這讓我可以在短時間內完成，其他時間，我就忙別的事；而且必須是非由我來寫不可，只有我才能把它帶到世上的小說，我才會投入時間創作，因此我和小說是一種合作關係，是小說向我獻身，希望我完成它。我想我寫小說完全靠天賦，天賦用罄時，故事只能停止。

這些故事，屬於同一張專輯，卻也是一首首小說單曲，選擇以撲克編目，只因為撲克是我最喜歡、也是唯一讓我上癮的遊戲。2015年《嬰兒整形》出版後，引起國內一波近未來小說的熱潮。但這次我不寫近未來，也不寫過去，我只寫現在，這部小說把全部聚焦在我們所在的當下，直面此刻生存與寫作的困境。有別於懷舊的歷史小說，這部小說把不同年、不同時間點的事件全都壓縮在2024年；時間是壓縮的，事件是無序，目的是為了表現人物的神采，因此客觀歷史、時間軸，都不在我的考量。這是我自畫像小說的技巧，也順手為他人畫肖像。小說在多處進行文本交錯（尤其感謝詩人林豪鏘教授對我開放所有文本），能否會心一笑，就看讀者與我之間的默契了。

曉違五年，再次推出小說，且是一部長篇小說，書寫臺灣當前的文學現象。故事接續三島由紀夫《豐饒之海》四部曲的結尾，也是他赴死前的絕筆，小說即以此句開啟記憶與文學的生成關係，透過個體的記憶與創作，祛魅臺灣文學史中那層虛假的東西；若從民俗學的角度來看，這部小說就是群鬼現形。閱讀時歡迎對號入座，你肯定可以在現實中找到相似者。他們都是我精心設計的人物，代表當代臺灣文學的某種典型，是作家的心理情

結,活著的象徵,目標是完成當代文壇全員小說化,重置臺灣文學史。因此這也是一部關於臺灣文學的百科全書式小說,相信這些角色能夠長久且有效地作為我們這個時代文學的見證。

最後,我的小說是我的思想實驗,與任何人無關。

紫金山彗星造訪臺南建城四百年
2024年10月19日 大橋

國家圖書館出版品預行編目資料

臺北文青小史 / 林秀赫作. -- 初版. -- 臺北市：
聯合文學出版社股份有限公司, 2025.02
264 面；14.8×21 公分. --（聯合文叢；767）

ISBN 978-986-323-664-1（平裝）

863.57　　　　　　　　　　114000874

聯合文叢　767

臺北文青小史

作　　　　者	／林秀赫
發　行　人	／張寶琴
總　編　輯	／周昭翡
主　　　編	／蕭仁豪
資 深 編 輯	／林劭璜
編　　　輯	／劉倍佐
資 深 美 編	／戴榮芝
業務部總經理	／李文吉
發 行 助 理	／詹益炫
財　務　部	／趙玉瑩　韋秀英
人事行政組	／李懷瑩
版 權 管 理	／蕭仁豪
法 律 顧 問	／理律法律事務所
	陳長文律師、蔣大中律師
出　版　者	／聯合文學出版社股份有限公司
地　　　址	／（110）臺北市基隆路一段 178 號 10 樓
電　　　話	／（02）27666759 轉 5107
傳　　　真	／（02）27567914
郵 撥 帳 號	／17623526 聯合文學出版社股份有限公司
登　記　證	／行政院新聞局局版臺業字第 6109 號
網　　　址	／http://unitas.udngroup.com.tw
	E-mail:unitas@udngroup.com.tw
印　刷　廠	／沐春行銷創意有限公司
總　經　銷	／聯合發行股份有限公司
地　　　址	／（231）新北市新店區寶橋路235巷6弄6號2樓
電　　　話	／（02）29178022

版權所有・翻版必究

出版日期／2025年2月 3日 初版
　　　　　2025年5月28日 初版一刷第二次
定　　價／380元

Copyright © 2025 by Hsu Shun Chieh
Published by Unitas Publishing Co., Ltd.
All Rights Reserved
Printed in Taiwan

ISBN 978-986-323-664-1（平裝）　　　　本書如有缺頁、破損、裝幀錯誤、請寄回調換